U0754248

世界侦探推理名著文库

[英] E.C.本特利 著

王美容 译

最后一案

群众出版社
·北京·

图书在版编目（CIP）数据

最后一案／［英］本特利著；王美容译．—北京：群众出版社，2014.4
（世界侦探推理名著文库）
ISBN 978 - 7 - 5014 - 5189 - 0

Ⅰ.①最… Ⅱ.①本… ②王… Ⅲ.①侦探小说—英国—现代
Ⅳ.①I561.45

中国版本图书馆 CIP 数据核字（2013）第 284916 号

世界侦探推理名著文库

最后一案

［英］本特利　著

王美容　译

出版发行：群众出版社
地　　址：北京市西城区木樨地南里
邮政编码：100038
经　　销：新华书店
印　　刷：北京通天印刷有限责任公司
版　　次：2014 年 4 月第 1 版
印　　次：2014 年 4 月第 1 次
印　　张：7.25
开　　本：880 毫米×1230 毫米　1/32
字　　数：171 千字
书　　号：ISBN 978 - 7 - 5014 - 5189 - 0
定　　价：32.00 元

网　　址：www.qzcbs.com
电子邮箱：exiaoxiaohong@hotmail.com

营销中心电话：010 - 83903254
读者服务部电话（门市）：010 - 83903257
警官读者俱乐部电话（网购、邮购）：010 - 83903253
文艺分社电话：010 - 83901730

阅读经典 收获智慧

于洪笙

在色彩缤纷的世界文学园林里，侦探推理小说是一株盛开着奇异的花朵、分外引人入胜的巨大乔木。《中国大百科全书》"外国文学卷"对"侦探推理小说"这个词条是这样定义的：它是西方通俗文学的一种体裁，与哥特式小说、犯罪小说以及由它们衍生出来的间谍小说、警察小说、悬疑小说同属惊险神秘小说的范畴。侦探推理小说主要描述具有惊人推理、判断能力的人物根据一系列的线索破解犯罪（多是凶杀）的疑案。它的结构、情节、人物，甚至环境都有一定的格局和程式，因此它也是一种程式文学。

但就是这种文学样式，在自己并不太长的发展历史中，创造出两个奇迹：其一，产生了一个读者不准其死去的文学形象"福尔摩斯"。英国作家柯南·道尔一八八七年在《血字的研究》中创造了他，从此福尔摩斯成为人类智慧的符号并承担起人类"保护神"的重任。这不仅标志着福尔摩斯这个人物形象在文学意义上的不朽，更重要的是在现实生活中世界读者对它的需求，这是从人类文学产生之日起任何文学形象所不能比拟的。其二，产生了一位被称作"侦探小说女王"的作家——阿加莎·克里斯蒂。在她生前，即二十世纪六十年代，她的作品就在一百多个国家发行了四亿多册，仅次于《圣经》。如果考虑到《圣经》的销售主要依赖于悠久的宗教历史和庞大的教会系统作为背景的话，那么克里斯蒂就是世界文学史上最受读者欢迎的作家了。

不朽的人物形象、世界上最高的图书

销售量，均是在侦探推理小说领域创造的。如果我们还不能就此下结论说侦探推理小说是最好的文学样式，那么至少可以说它是最受读者欢迎、极具文学魅力的文学样式。

自一八四一年美国作家爱伦·坡创作《莫格街凶杀案》之后，侦探推理小说便以其曲折的情节、强烈的悬念、严谨的逻辑为表现手段，闪耀着理性的光芒，以智慧文学的形式显示出独有的魅力，在世界文坛脱颖而出。从此，侦探推理小说便在世界各国拥有广大的读者，有关图书始终占据着国际图书市场销售量的四分之一以上，成为其他文学类图书难以企及的畅销、长销的图书类型。究其原因，侦探推理小说强大的生命力无非是由它的内容和形式所决定的。首先，侦探推理小说的巨大魅力，在内容上与它在审美上的主体意识被读者认可有关。一篇（部）优秀的侦探推理小说，不管故事发生在何国何时，不论篇幅长短，它都不能缺少一位正面人物。这个正面人物继承的是世界文学传统，如史诗、悲剧中的英雄原型。在这个带有英雄色彩的正面人物即"侦探"身上，体现着人文精神和对人性的优点的描述，如正义、智慧、维护文明秩序，为纠正法制生活中的失衡、偏颇而奋不顾身等。他的主体人格应该是伸张正义、嫉恶如仇、尽忠职守、视死如归。这样一个在社会生活中具有奉献精神、牺牲精神的文学角色被创造者赋予的理想的色彩，是人类在生存、繁衍、发展、进步、创造文明的过程中所必须发扬光大的。正如比利时著名诗人维尔·哈伦所说："文学的主旋律是对人的肯定和人性的张扬。"因为信仰、理想犹如阳光对于万物，是被人类自己肯定、歌颂的，所以它便具有了永久的魅力。这种理想色彩的魅力，满足着人类对英雄的崇拜需求，也就是人类对自己理想的肯定。

与此同时，侦探推理小说是用故事的载体，反映着人类同自身存在的毒瘤——犯罪的斗争，是人类对自身文明进化过程的不断反思。文明与犯罪，是人类历史进程中的双生子，而人类是必须要前进的，因此，同形形色色的犯罪作斗争，则集中反映着正义与邪恶、文明与贪欲、"真善美"与"假恶丑"的较量，体现着人类对自身理想的坚定捍卫。在这种较量中，文学的真谛得到了阐述。从这个角度讲，侦探推理小说还应在"智慧文学"前面加上"理想文学"。

同时，关于侦探推理小说在文本形式上的魅力，早在二十世纪三十年代，意大利杰出的马克思主义理论家安东尼·葛兰西就做了研究。他写道："侦探推理小说这类书籍为什么总是令人读得如此入迷？它们能使人们得到什么样的满足？符合怎样的兴致？它们能给予人们什么样的特殊幻美？……阅读时，人们在幻想着'美丽的'、'有趣的'冒险，这种冒险应是个人不受约束的主动的精神表现。"

好奇地逗留在事物面前，屏住呼吸并密切地注视它们的奇异性，这是人的特性。

而正是这种好奇心，促使人类产生了区别于动物的伟大的想象功能。想象，这一人类本身所具有的天性，是人类生存、发展和创造文明的需要。正是想象才构成了人类行为中的创造性的基本特征。没有了想象，只知道追求眼前的目标，人们就会减弱并失去活力。正是想象，激发着人类走向一个又一个未知的世界。在想象中去探秘，去历险，去体验英雄般的感受，人们这一古老的愿望正是在侦探推理小说中得到了满足。

作为一种智慧文学，侦探推理小说情节的主要框架是解谜，而读者的阅读实质上即是参与分析、判断、推理的解谜过程。对青少年读者来说，这更能激发他们的好奇心及探险、揭秘的心理，进而满足他们想象的乐趣、思索的乐趣、发现的乐趣、参与的乐趣，使他们在阅读的愉悦中不知不觉地进行了思维训练，提高了智能。因此，人们称侦探推理小说是"脑力体操"，这种脑力体操对当今的青少年尤为重要。

日本东京创造力开发研究所所长山上定也先生认为："推理锻炼可以使头脑聪明，而作为一个现代人，应当及时掌握当代独特的成功利器——信息推理术，并把它和演绎法相结合，这能使你由此及彼、由表及里、举一反三、触类旁通，从而以高超的创造力迎接信息社会的挑战。"这番话倒是从另一个角度回答了孩子们为什么爱读侦探惊险作品的问题。一九九八年，由中国出版工作者协会少儿读物工作委员会和中华读书报社联合进行的"中国的孩子爱读什么书"的调查结果显示，侦探惊险作品超过"卡通漫画"及"寓言童话"，独占鳌头。

　　基于以上原因，由北京侦探推理文艺协会和群众出版社联合策划，决定推出《世界侦探推理名著文库》这套丛书，作为献给全国热爱这一文学样式的广大读者的一份珍贵的礼物。北京侦探推理文艺协会是我国目前在侦探推理文学研究、创作领域唯一的专业协会；群众出版社则是最早翻译、出版《福尔摩斯探案全集》和大量其他世界侦探推理佳作的全国著名的出版机构，在此样式的出版上声誉卓著。协会与出版社强强联合推出这套丛书，意在从权威的角度向读者推荐世界侦探推理文学领域的泱泱名作，其中包括这一文学样式在一百七十多年发展历程中涌现出的众多流派的巅峰之作。与此同时，对收入本套丛书的每部作品，我们均特邀专家撰写导读文章，发挥他们各自独特的审美才华，对文库收纳的众文本进行阅读上的尽情评点，从而使广大读者更加明白什么叫精彩、什么是名著、悬疑之美是如何形成的……从某种角度上看，我们这种阅读加欣赏、点评的做法是希冀读者在读完文库后能有一个宏观上的史线般的阅读收获，即知晓在世界侦探推理文学领域有哪些优秀的代表作家，那些精彩绝伦的作品为什么能够影响至今。如果这些不是我们的奢望的话，那么丰富的知识信息定会使这些图书成为读者朋友阅读、收藏、研究这一文学样式的最佳文本。

爱因斯坦说过："我们所能有的最美好的经历是对神秘的感悟。它是坚守在真正艺术和真正科学发源地的基本感情。谁要是体验不到它，谁要是不再有好奇心，也不再有惊讶的感觉，那就形同行尸走肉……"让我们放松心情，敞开胸怀，捧上这些充满神秘、惊险、智慧并能引发我们的好奇心的经典之作！让阅读这些作品成为我们人生最美好的经历吧！

（本文作者为中国人民公安大学教授、北京侦探推理文艺协会常务副会长）

向人类理智挑战的最后一案

郝一星

侦探小说的阅读，切忌先睹内容提要之类的文字。否则，就不会有强烈的好奇心驱使你追逐作者设置的悬念一路前行，丧失阅读的乐趣。群众出版社发给我这篇小说的正文之前，就是作者简介和内容提要。我在读这部小说之前，还是不小心看了一眼内容提要。

被誉为商界巨人的金融家麦特逊，被发现死在自家花园。业余神探特伦特通过周密调查和缜密推理，断定：生活秘书马罗是谋杀案的主要嫌疑人，麦特逊太太梅布尔是唯一知情人。因对梅布尔的爱恋，特伦特将调查及结果按下不表，远走高飞。真相却是：麦特逊怀疑马罗与自己太太有染，忧郁成疾，想以自杀置马罗于死地。马罗在最后一刻识破了他的阴谋，将计就计，制造了毋庸置疑的不在场证明。就在特伦特与好友、梅布尔的姑父卡普尔举杯庆贺自己与梅布尔的幸福之际，卡普尔一席话让特伦特惊立当场。卡普尔先生才是这一案件的真正终结者。特伦特自以为天衣无缝的推理被彻底否决，高傲与自信无处可寻，决定金盆洗手。麦特逊谜案成了特伦特的最后一案。

这不就是一部极为常见的推理小说吗？怎么就被人说成是"经典名作，开启了推理小说的黄金时代"呢？

我花了两个半天读完了这部"经典名著"，得出和内容提要很不一样的感觉。特伦特算不上业余侦探，不过是个喜欢琢磨案件，展开推理演绎，却往往有所获益的青年。媒体跟他有了密切交往，他因此而有了名气，媒体也增添了吸引读者的佐料。

小说对富商命案以及特伦特对此案开展的调查铺叙充分，并无太多惊奇可言。特伦特对案情的推理，通过他给媒体的一封长信和盘托出。他的结论是：富商命案之发生，源于老夫少妻。富商的秘书是个英俊青年，与太太有奸情，合谋杀死了富商。特伦特居然推导出一个假富商参与此案，遮人耳目，环环相扣，自圆其说。至此，读者似乎对案情有了明确的认识。接下去的后半部分，作者却揭示出了一层又一层的真相，给读者带来全新的阅读体验。其中，关于特伦特与梅布尔爱情生发的情节极富诗意，弥漫着爱意与遐想。

　　一年以后，所有涉及此案的当事人，各自有所陈述。首先，马罗的坦率，打碎了特伦特的最初判断。他和夫人并无私情，反而是富商怀疑他与妻子有染，蓄意谋害他。最令特伦特震惊的是，富商不惜以自己的生命为代价雪此耻辱，嫁祸于马罗。他的谋杀计划十分周密，几乎得手。

　　最后，则是少妇的姑父卡普尔道出真

相。他在富商的谋杀行动中无意现身，却偶尔遭遇上。两人厮打之下，他触动了富商手里的手枪扳机。特伦特的推理，至此无一成立。

作者的写法不落俗套，与过去小说不同，在多个层面上展示和推进思考，令读者产生山重水复、柳暗花明的感觉。由于罪行只局限于推理而无证据支持，所以即使卡普尔承认是自己导致了命案的结果，仍然不会受到法律的追究。

据说，《最后一案》的作者本特利创作这部小说的初衷，只是为了和老友、当时红极一时的侦探小说大家切斯特顿开个玩笑。这是个什么玩笑？是想颠覆传统阅读习惯？还是企图尝试一种新的写法？不管怎么说，种豆得瓜，《最后一案》居然被世人称作"推理小说史上本格派的绝对经典。"

其实，作者也跟读者开了个大玩笑。掩卷一想，特伦特最后那句话，才是深有意味："我本来可以忍受一切，但这件事彻底宣告了人类理智的苍白和无能!"对此，人们深想之下，方能有所领悟。

　　探究真相，似乎是人的本能。其实，真相是永远无法得到的。事情一旦发生，就化作了碎片。没有人能看到所有的碎片，因此，想要拼凑出完整原貌，庶几就是幻想。对于真相，我们往往只是力求接近，再接近。寻找真相之途，往往艰险无数，却能在重重悬念的破解中，满足人类窥视的潜在癖好，赐人以逆袭与反转的愉悦。这恰恰就是《最后一案》的魅力，也是推理小说的魅力。

　　（本文作者为中国戏剧出版社编审、北京侦探推理文艺协会研究中心主任）

目录

最后一案

一 "巨人"倒下了 …………………………………… 1

二 特伦特 …………………………………………… 9

三 卡普尔的早餐 …………………………………… 18

四 侦查比赛 ………………………………………… 33

五 秘书 ……………………………………………… 58

六 波拉先生 ………………………………………… 71

七 神秘的黑衣女子 ………………………………… 80

八 法庭求证 ………………………………………… 92

目录

九 "大获全胜" ································· 99

十 富豪之妻 ································· 105

十一 秘而不宣 ································· 114

十二 为爱自我放逐 ································· 130

十三 爱情大爆发 ································· 139

十四 将计就计 ································· 159

十五 阴谋与反阴谋 ································· 166

十六 终结者卡普尔 ································· 197

一 "巨人"倒下了

生活在这个世界的人们，要怎样才能清醒地断定，哪些事实是关键的，哪些又是貌似关键的呢？

一声枪响，西格斯·麦特逊那满蓄计谋、顽强固执的脑袋被打开了花。

真正的凶手在哪里？

为这个世界因此而失去的东西，简直不用浪费一滴眼泪，留下的纪念物却是这个死者生前积累下来的令人咋舌和生厌的财富。看不到一个朋友前来悼念他，连一个维持脸面的最起码的仪式都没有举行。但他的死讯一经传开，那些置身于巨大商业旋涡中的人们，似乎都能感觉到大地的颤抖。

在这个国家令人惊诧的商业史上，从来不曾有人以任何事情在业界留下过如此强烈的印象。他的地位是显而易见、无人能撼的。在此以前，也出现过金融巨头。他们拥有操纵和扩充资本的势力，是玩弄资本、获取巨额利润的高手。然而，麦特逊却是独一无二的。尤其是近几年里，他笼罩在自己海盗式传奇的强烈光环之下。他既是混乱局势的稳定者，也是诸多危机的化解能手，还是华尔街侵扰者的死敌。

他的祖父也曾是这样的领头羊。只是他那时的地盘没有现在这么大。财产从祖父那里传给了父亲。父亲终其一生，做的不过是借贷之事。虽是默默无闻，却是从未吃过亏，财富也在不断地增加。麦特逊打来到世上起，就不曾设想过，手里没有大笔钱财会是什么样子。

按理说来，这种人会有着一副十足的美国富豪的派头。这样的派头，恰是由巨额财富酿就的传统及习惯造成的。

但事情并不总是这样。麦特逊深受欧洲贵族教养观念的影响，在富人的言行举止方面，培养出来的是安详庄重的天性。即使在千儿八百人的众说纷纭之下，他亦能泰然处之。与此同时，他还继承了一八四九年淘金者和前辈金融家的冒险精神。

他刚刚出道的时候，被商界视作恶少。那时，他充其量不过是一个还算有天分的赌徒，双手不放过任何一个人——一个脑子不断转动的神童，显得比任何对手有更好的禀赋。

他所置身的世界有人如此断言：与人斗，其乐无穷。这样，年轻的麦特逊来到了人头攒动、争斗不断的纽约股票交易所。

接下来，事情发生了转变。在他三十岁的时候，他的父亲去世了。这时，新的力量像是为他所生，他所侍奉的上帝也像是对他特别关照。国家政策突然之间发生了变化，有了较大的灵活性。他的全部注意力转向了父亲流传下来的金融产业，而将华尔街上的热闹纷繁抛在了身后。没用上几年，他就控制了这家大公司的全部活动。在浪潮汹涌的商海中，稳步、健康的发展及金融势力使公司如同一座平地而起的山峰。他年轻时的不良信誉似乎已被人们翻了过去，他像是脱胎换骨，变成了另外一个人。这个变化是怎么发生的，无人能做出权威解释。有过这样一段传闻倒是真的，说他父亲有过一段临终遗言。在麦特逊那里，父亲算是他唯一尊敬，或许还有些喜爱的人了。

他开始拥有了对金融局势的支配权。很快，他的名字在世界各地的证券交易所里流传开来。只要提及麦特逊这个名字，就会令人想起全美巨额财富中属于他基础雄厚的那一笔。他筹划着大规模的资本运作，想要在整个大陆对工业企业进行兼并和重组，藉着他准确无误的判断力对那些正在兴建中的大型国有或私营企业投资。

很多次了，只要他插手罢工，或与某个劳工组织联手，就会有千万个家庭要遭殃。要是有矿工、钢铁工人，或是畜牧业者联合起来反对他，并因此引起了混乱，他会比他们更是无法无天，手段更为残忍。这一切都是为了使他的商业目的合法化。

成千上万的穷人会要诅咒他，然而，金融家和投机商人对他却是赞不绝口，不吝言辞。他翻手为云、覆手为雨，整个国家的财富都在他的掌控和保护之下。他显得是那样的准确、有力而又冷酷无情。他做下的一切都是在为国家的贪婪效力。国家也像是知恩图报，给他冠之以"巨人"的称号。

在他的所谓"巨人"时期，麦特逊还有另外一副面孔。

却长时间未被人窥到，除了他的几个秘书、副手以及以往动荡岁月中为数不多的旧识之外。只有这个小圈子里的人知道，作为整个市场稳定的中坚人物，麦特逊也有怀旧的时候。对于华尔街在他的威名之下发展的辉煌岁月，他是那么的怀念。对此，有人说，这就好像是黑胡子大盗将赃物当本钱，屠夫摇身一变，成了布里斯托尔勤劳致富的正派商人。只不过强盗的本色会在不经意中突然出现，嘴里含着尖刀，帽檐里插着夜晚闪着磷光的火柴。考利法克斯公司麦特逊办公室的最里间，他对于市场谋划的风暴式的劫掠行动也曾现于纸上，却仅止于此。为了抵制和平息那个往昔自我的反抗，黑胡子大盗会哼上一两声《西班牙太太》，或许就在心里头引吭高歌，并不曾出声。等到时机不再的时候，他就会对如何打赢市场突袭战这一话题做一个平静的讲述。在这一诉说中，他靠掠取想象中的一百万来获得满足。这种满足于人无害，于己有益。往往在这时，他会显得比较郁闷，说：在我看来，自从我抽身之后，华尔街便变得愈益乏味起来。"巨人"这一可爱的优点慢慢地在商界流传开来了。它让大家高兴不已。

如今，他的死信一经传开，恐慌有如飓风一般，立时席卷了整个市场。

此际，正逢市场不景气之时。价格仿佛地震中的高塔，摇摇欲坠，而一跌下来就要粉身碎骨。接连两天里，华尔街简直成了让人绝望的地狱了。在整个美国，哪里有投机买卖，哪里就有倾家荡产出现，就有自杀的惨剧发生。在欧洲，也有很多人将他们的身家性命，与一个素不相识的金融家的命运捆绑在一起。在巴黎，一个颇有名气的银行家默默走出了证券交易所的人门。就在破口大骂的犹太人的眼皮底下，他一头跌倒在台阶上，再也没有起来，手里还拽着一个碎裂的小药瓶。在法兰克福，有人从天主教堂的尖顶上跳了下来，砸落在红色的塔尖上，留下一道更为鲜红的血迹。有人剖腹自杀；有人开枪自毙；有人上吊；有人烂醉如泥，奄奄一息。

这一切，只是因为，在英国一个偏僻的角落里，一颗贪得无厌的冰冷的心不再跳动了。

这一番打击来得太不是时候了。此时，华尔街正置强作镇定的惊恐之中。说它强作镇定，是因为就在一周以前，卢卡斯·汉斯突然被捕，麦特逊洗劫汉斯银行一事也被曝光。"巨人"所要做的，实际上，就是他支配的巨大利益与这些事件的严重后果之间的抵力抗衡。市场的作用已被无限膨胀，远远超出了它的实际力量。而炸弹就是在这个时候起爆的。此时的情形，套用当地的土话说，就是"树倒猢狲散"了。关于玉米收成的报道也是一片低迷之声。其他几处关于铁路交通方面的情况也是出乎意料的糟糕。

崩溃的威胁像是四面楚歌，但"麦特逊集团"已在着手筹划市场的稳定了。一周以来，观察家们以他们特有的敏捷、肤浅却又贪婪的神经意识到了，"巨人"那只保卫市场之手已由远处伸展过来了。所有媒体都报道说，每个小时，麦特逊都在同华尔街的副手通话。有家报纸还跟踪了过去二十四小时以来纽约和马尔斯通镇之间的通话费用，并且说，这表明邮政总局已经给马尔斯通镇派出了精干的接线小组，来解决此起彼落的电话。还有报纸声称，麦特逊听说汉斯的消息，立刻中止了休假，打算乘"洛西塔尼亚号"船回来。好在局势很快就得到了控制，他便决定不再回来了。

上述这一切，全是那些负责金融的编辑蓄意而为，是他们随意编撰的结果。真正能够出谋划策和鼓舞士气的是麦特逊集团的那些精明的商人。他们明白，这种英雄崇拜不过是一种幻觉而已，实在是帮不了太大的忙的。他们还知道，关于目前的困境，麦特逊是不会再有只言片语了。钢铁大王豪沃德·杰弗里才是胜利的真正组织者。

历经四天的疯狂之后，他们抑制住了内心的恐惧，头脑也变得冷静起来了。周六那天，尽管杰弗里先生的领地还不时地有些动荡不定，像刚刚喷发后的火山一样，但在他看来，他做完了他该做的。市场算是基本稳定下来了，正在逐步恢复当中。华尔街进入了周末短暂的睡眠之中，虽是疲软不堪，却总算安定些了。

周一刚一开市，一个可怕的谣言就在方圆六十公顷的商业区传遍了。有如一道闪电，不知来自何处。据说是电话公司的一个雇员最先爆的料，说出了通话过程中的一张紧急出售订单。才刚平稳下来的股票行情，这时又起了猛烈的震动。五分钟不到，百老汇股票市场外面的平静被搅和了，变得喧嚣嘈杂起来，人们发疯似的追问着。股票交易所里头则是嗡声一片，人们惊恐难定，什么都顾不了了，一阵阵的鸡飞狗跳。这是真的吗？彼此都这么问。然后，人们又颤抖着双唇回答说，这是谎言，是哪个投机的无耻之徒杜撰出来的。再有一刻钟，又有消息传来，伦敦股票交易所关门时，美国股票转眼之间跌得一塌糊涂了。这就足够了。纽约还有四个小时的交易时间。曾经放言麦特逊会来拯救市场的人，这时遭到了猛烈的攻击。

杰弗里将耳朵贴在电话听筒上，他被这个灾难惊得目瞪口呆了。这个新近诞生的"拿破仑"失去了他的阵地。在他眼前，整个金融世界癫狂了，乱作一团了。半个小时之后，麦特逊尸体被发现的消息传来。十多家报纸相继有报道发出，自杀的谣言又不可避免地出现了。报纸尚未到达华尔街，痛苦的风暴已满蓄着愤怒了。杰弗里和他助手们就像是强劲秋风中的落叶，已被吹得七零八落了。

这一切，又像是微不足道。

生活照旧在进行。玉米没有停止在阳光下成熟；河水依然载着驳船，给发动机送去动力；牛羊在草地上肥壮地成长着，多得数不胜数；各行各业照常运转；契约上也没有任何不同寻常之处；战神贝洛娜依旧在布道。

除了一两个头脑发昏的赌棍外，人们对这一切的一切熟视无睹。麦特逊的死，对他们来说，也是无所谓的。世界如此，生活依旧。未死之时，他一双强壮的手一直掌握着他统领之下的商业和工业网络的每一根绳索。而就是这个刚死之人的尸骨未曾入土之前，一个奇怪的秘密就被人们发现了。以麦特逊的名义运转的这台看似强大的专制机器，实在不过是外强中干的一副皮囊罢了。

两天之后，惊恐犹如过眼烟云。混沌无序的状况结束了，破产者退出了历史舞台，市场又恢复了它正常的面貌。

这一动乱尚未彻底平息下来，又有丑闻惊现。这一下，就将地球上两个大陆的眼球都吸引过来了。麦特逊死后的第二天上午，芝加哥有限公司倒闭了。就在同一天，一位知名的政治家在新奥尔良大街上被他的妻弟击毙。全美嗅觉灵敏的编辑很快就发现，才刚一周的时间，"麦特逊事件"就成了冷饭了。

成群结队的美国游客去到欧洲。他们在许多死于贫困的人们的纪念碑或塑像前致敬，却从不曾想起那位声名显赫的财阀。同那个一百多年前死于罗马的贫穷诗人没有两样，他被埋在了远离家乡的偏僻一隅。麦特逊的子民宁肯去到苔斯塔西奥山下瞻仰济慈的墓地，却不曾想起要去马尔斯通镇小教堂旁边那个富人的墓旁站上一会儿，以示敬意。

二 特伦特

在《纪录报》办公楼里，詹姆斯·莫洛伊坐在唯一一间布置舒适的房间里。这时，桌上的电话机响了。

他用钢笔示意了一下。秘书西尔弗先生赶忙放下手头的活儿，走过去拿起了话筒。

"请问哪一位？"他说，"谁……我听不清……啊，是波拉先生啊……是的，不过……我知道，可他今天下午很忙。你能否……哦，真的？好，既然如此，请不要挂电话！"

秘书将电话放到了莫洛伊爵士面前。

"是卡尔文·波拉打来的。他是麦特逊的左膀右臂。"西尔弗简要地说，"他执意要和您直接谈，说是有非常重要的消息。电话是从主教桥那边的住宅打来的，听起来比较清晰。"

莫洛伊爵士看了一眼电话听筒，不太高兴地拿了起来。"喂，"他用响亮的声音说道，然后听着。"是的。"他说。

西尔弗先生关切地看着他。过了一会儿，他看到莫洛伊脸上现出了惊恐的神色。

"上帝啊！"莫洛伊爵士小声嘟囔着，抓着话筒慢慢地站了起来。他还在仔细听着，不时回答一声"是的"。听着听着，他抬头向墙上的挂钟瞥去，然后用手隔开话筒，赶紧跟西尔弗先生说，"去把斐杰斯和小伙子威廉找来！快点！"

西尔弗先生听后，就冲出屋子去了。

莫洛伊爵士是个非常出色的记者。五十多岁，爱尔兰血统。他人很聪明，长得又高又壮，留着小黑胡子。他干起工作来不知疲倦，在业内颇有名气。对于这一点，他十分清楚，便总是一副玩世不恭的样子，像是要为他的民族标榜一点儿什么似的。但同时，他绝不让一星半点儿的江湖气息上身。他从不故弄玄虚，不懂装懂。别人身上的这种毛病，却是丝毫不想要逃过他的眼睛。他风度翩翩，很有教养，衣冠整洁。在内心深处，却难免也有邪恶之念。工作繁忙之时，那些邪念也会在眼睛及眉毛上偶尔露头。而当宽宏大量的本性完全显露出来时，他便是最和蔼可亲的人了。

他是公司经营部的主任。公司最有分量的是晨报——《纪录报》，还有人们不可或缺的晚报——《太阳报》。太阳报社的办公楼就在街对面。他曾是纪录报的总编辑。在多年的努力之后，他使《纪录报》成为了全国有个性、各类报道都很出色的报纸。他的座右铭是：如果你的天赋不高，那你必须尽量发挥你的长处。他自己则是将天赋和长处都运用自如的人。在不容易产生尊敬的行业里，很少有人会赢得尊敬。但莫洛伊爵士却是例外，他获得了公司员工的敬重。

"你肯定这是全部情况吗？"莫洛伊爵士在几分钟的仔细倾听和偶尔提问之后，说，"这事传出去有多久了？……是的，当然。警察在那儿。可是佣人们呢？当然了！现在，那里到处都是……好吧，我们试试。等等，波拉，非常谢谢你！我会好好报答你的，你明白我的意思吧。你一进城就来找我……好吧，可以理解。现在，我必须为我听到的情况采取行动了。再见！"

莫洛伊爵士放下电话，从面前的架子上抓过列车时间表，飞速地扫了一眼，然后将它甩在一边。

这时，西尔弗先生从外头冲了进来，后面紧跟着一个戴着眼镜的脸色严峻的男子和一个机警的小伙子。

"斐杰斯，有些事情你要记下来。"莫洛伊爵士说道。这时，所有的激动表情不见了，他看起来就像什么事也没发生过。"记下来之后，你以最快的速度将文章写出来，作为《太阳报》的特稿发出去。"

那个表情严肃的人点了点头，看了一眼挂钟。现在是三点多一点。他取出笔记本，将椅子拉到了写字台前。

"西尔弗！"莫洛伊爵士继续说，"去通知琼斯：立即电告我们的当地记者，让他们放下手头的活计，马上去马尔斯通镇。电报里不要做具体说明。在《太阳报》摆上报摊之前，关于这一消息，不要多说。都明白了吧！威廉，直接去找安东尼先生！请他留出两个栏目的位置。我们要让全城震惊。告诉他，这是独家新闻，要他务必采取一切必要的措施予以保证。就说斐杰斯五分钟之内就能将事实整理好，请他腾出一个单间来保证他的写作。出去时，请摩尔小姐马上来见我。告诉接线员，看她能否为我接通特伦特的电话。见了安东尼之后马上回来，我这里还有事。"那个机警的青年像是瞬间蒸发掉了。

莫洛伊爵士这时又转向了斐杰斯先生。后者早已经将笔尖等在纸上，就等他开言了。

"西格斯·麦特逊先生被谋杀了！"莫洛伊爵士双手背在身后，来回踱着步，疾速而清楚地说着。

斐杰斯先生做着速记，似乎豪情四溢，就像是听人在说今天天气很好似的。要知道，这可是他大显身手的时候了。

"他跟妻子一道，带着两个秘书在主教桥附近马尔斯通镇一座名叫白房子的住宅里住了两周了。这是他四年前置下的产业。他和麦特逊太太每年夏天都来这里度假。昨日夜里，跟往常一样，他十一点半入睡。谁都不知道，他是什么时候起床出了屋子的。直到今天早上，人们才发现他不见了。差不多十点钟的时候，他的尸体被园丁发现了。他躺在院子里一个小棚旁边，头部中弹，从左眼穿过。他肯定是死在当场了。不见有抢劫的迹象，但他手腕上的伤痕表明，死前发生过搏斗。人们找来了镇上的斯托克医生，他将指导尸检行动。警察也很快赶到了现场，却没有就此发表任何声明。可以看出的是，他们没有获得任何关于凶手的线索。好了，就这些。斐杰斯，安东尼先生正在等你。我这就给他打电话，请他尽快安排。"

斐杰斯抬起头来，说："伦敦警察厅最有才干的侦探已被派来负责此案了。"他建议，"这一说法比较安全。"

"你看着办吧！"莫洛伊爵士说。

"麦特逊太太呢？她当时在哪里？"

"是啊！她怎么样了？"

"她被吓坏了！"莫洛伊爵士暗示道，"她谁都不见！这也是人之常情。"

"要是我，就不这么说了，斐杰斯先生！"一个声音平静地说。

这是摩尔小姐。她脸色白净，举止优雅。莫洛伊的口述尚未结束，她已悄悄进得屋来。

"我见过麦特逊太太。"她将眼睛看向莫洛伊爵士，继续说，"她看起来很健康，富于理智。她的丈夫被谋杀了吗？我看，那吓不着她。此际，她极有可能正在竭力协助警察呢！"

"这该是你的风格吧，摩尔小姐。"莫洛伊爵士轻轻一笑。摩尔小姐冷静而有效率的工作风格在全公司是有了名的。"将她删去，斐杰斯。你去吧！来，摩尔小姐。我想，你明白我想要的是什么。"

"我们的《麦特逊传》正好赶上了。"她回答说。黑重的一圈睫毛一沉，她心里正在估量着局势的变化。"我几个月前刚看完这部稿子。我想，《太阳报》最好还是采用他们两年前登载过的那份生平介绍。那一次他去了柏林，以解决钾碱的难题。我记得那个介绍很好，他们恐怕再也找不到更好的文章了。至于我们的报纸，我们要做大量删节，很多废话必须砍掉。助理编辑一上班，就可着手进行这件事情。我们有两幅很好的画像，这是我们的资源。最好的那幅是由特伦特画下的。当时，他同麦特逊同坐一条船去往什么地方。这幅画比所有的照片都要好！也许你会说，宁可要一帧糟糕照片，也不要一幅出色的画。我等会儿就去将它们取了来，你自己挑吧！要我看，《纪录报》这回要遥遥领先了，除非你派不出一个特殊人物赶到现场，为明天的报道做准备！"

莫洛伊爵士深深地叹了一口气。"我们能干什么呢？"他对回到自己办公桌前的西尔弗先生沮丧地说道，"她甚至还记得布雷德·肖呢。"

摩尔小姐表现出了十分的耐心，整了整衣袖，"还有别的事吗？"她问道。

这时，电话铃响了起来。

"对。还有一件事。"莫洛伊爵士说着，拿起了话筒。

"有时候，我想让你犯个大错误，一个永世难忘的大错误！这样，我们的日子就会好过一点儿。"摩尔小姐脸上现出迷人一笑，转身离开了。

"安东尼吗？"莫洛伊爵士问。接着，他马上向街对面办公室的编辑询问起来。他很少去《太阳报》的办公楼。他觉得，只有真正喜欢晚报的人，才会觉得那里的气氛不错。安东尼是舰队街的风云人物。他懂得好风凭借力，善于抢时间，乱中取胜。对晨报，他也是这样认为的。

五分钟后，一个穿制服的小伙子走了进来，说特伦特先生的电话接通了。

莫洛伊爵士立刻收了线，结束了与安东尼的谈话。"马上将线接过来。"他对那小伙子说。

"喂！"过了一会儿，他对着话筒喊道。

一个声音答道："别喂，什么事！你想干什么？"

"我是莫洛伊。"莫洛伊爵士说。

"我知道。"那个声音说，"我是特伦特。我正在画画。

正在关键时刻，却被你打断了。我希望是重要的事情！"

"特伦特！"莫洛伊爵士加重了语气，"的确是重要的事情！我想请你给我们侦办一桩案件。"

"你就说着玩吧！"那个声音说道，"告诉你，我可不想休假。我正在最佳工作状态，在认真干着世界上最正经的事情。你就不能让我单独待着吗？"

"发生了非常严重的事情！"

"什么事？"

"西格斯·麦特逊被谋杀了——头部中弹——他们不知道是谁干的。他们今天上午发现了尸体，就在主教桥附近他自己的地盘上。"紧接着，莫洛伊爵士将大致的情况做了一个简单介绍。"怎么样，你看？"

话筒里传来一阵"嗯嗯"声。很明显，对方开始考虑了。

"现在来吧！"莫洛伊爵士劝道。

"够有吸引力！"

"那么，你是愿意来啦？"

话筒里有了片刻的沉默。

"听着，莫洛伊！"那个声音忽然怒气丛生，"这事由我来干也许合适，也许不合适。现在还说不好。这或许是一个谜，或许就如黄油面包那样简单。现场没有抢劫发生，这好像有点儿意思。但他也许是被一个穷困潦倒的流浪汉打倒的。看见流浪汉睡在那里，他去踢人家。这种事他是干得出来的。凶手可能很有头脑，知道不去动那些钱和有价值的东西是最稳妥的办法了。坦白地说，我不想让这样的穷鬼绞死在自己手里。"

莫洛伊爵士对着话筒笑了笑。那是胜利者的微笑。"来吧，你这家伙！你都忍耐不住啦！你就承认自己想来看看这桩案子吧。你会知道，你心里是怎么想的。到时你要是不想管了，还可以再摞下的。顺便问一声，你在哪儿呢？"

"我在随风飘荡。"那声音踌躇不定地说，"无所用心，自由自在。"

"一个小时能到吗？"莫洛伊爵士步步紧逼。

"我想，差不多吧。"那个声音嘟哝道，"我又有多少时间呢。"

"好你个家伙！时间足够。只不过那是最紧张不过的安排了。今天晚上，我们只能靠我们派驻在当地的记者了。白天的快车半小时前出发了。接下来的就是慢车了，午夜离开帕丁顿车站。你要是愿意，可以坐巴斯特。"莫洛伊说的是自己那辆加速很快的汽车。"不过，你今天晚上是赶不上做什么了。"

"那觉也睡不成了。不了，谢谢。我还是坐火车吧。你知道的，我喜欢坐火车旅行。我坐那玩意儿很有些天赋的。"

"你说什么？"

"没说什么。"那声音变得凄凉起来了。"我说，让你的人给我在出事地点附近找一家旅馆。电报预订一个房间吧！"

"遵旨。"莫洛伊爵士说，"尽快到吧。"

他放下了话筒。刚转过身要去看文稿，楼下大街上起了一阵喊叫声。他快步走到敞开的窗前。

一群男孩兴高采烈，正从《太阳报》办公楼的台阶上跑下来。他们沿着狭窄的街道，向舰队街飞奔过去。每人手里拿着一卷报纸，一个标题占据了整个版面。那就是：**西格**

斯·麦特逊谋杀案。

莫洛伊爵士笑了。他高兴地摇了摇衣袋里的零钱。

"这下子，可要赚大钱了！"他对站在身边的西尔弗先生说。

这句话，就算是麦特逊的墓志铭了。

三　卡普尔的早餐

第二天早晨，差不多八点左右的时候，卡普尔先生站在马尔斯通镇旅馆的阳台上。他正在思考他的早餐问题。就他而言，这话无所谓深刻含义，单从字面加以理解就好。他的确在想，早上他该吃什么？这就像在时间允许的情况下，仔细思考生活的步骤一样。他想，前一天被发现的尸体所引发的轰动使他胃口大倒，营养的摄入量较平时大为减少。今天一早他就很饿了，这不，又起床转悠一个多小时了。他决心将烤面包片的数量加到三片，再加一个鸡蛋，其他的就按平时的量吃了。剩下的空缺就等中餐再补。不过，或许还会补不够。

决定做下之后，卡普尔先生花了几分钟来赏景，然后要了早餐。他以行家的眼光审视着高低不一的海滩美景。大片乱石在镜面般的大海里破水而出。大片牧场、耕地和丛林顺着山坡，从山崖一直延伸到沼泽地，形状中规中矩，可爱极了。如此这般景致，让卡普尔先生简直要心花怒放了。

卡普尔先生个头中等、身形瘦弱，年近六十。由体态来看，像是不很健朗，却显得活泼机智。他稀松散乱的胡须遮不住瘦削慈祥的嘴；目光显得热情而愉快；尖鼻子和窄窄的颚骨使他看起来像个牧师。而那身再普通不过的黑色衣服和同色软帽，更是强化了他的这一形象。他给人的总体感觉就是很有牧师风度。他为人处世非常自觉、勤奋，行事有条不紊，只是缺少了想象力。他父亲的家产都以广告的方式贴补给了家里开办的公司。在广告里，卡普尔的家被描摹成一个严肃正派的家庭。他从忧郁的城堡里逃出来时，尚留存着两个未被污染的神圣天赋：无尽的仁爱之心和天真愉快的生活态度，却是没什么幽默感。他早年受过牧师的职业训练，原本可能戴上大主教的红色帽子。现在，作为伦敦实证哲学协会颇受尊敬的会员，他是一个退了休的银行家，一个膝下无子的鳏夫。他的生活虽然简朴，但并非不幸福，大部分时光都花费在书本上和博物馆里。他耐心地积累起了许多互不相关的各科知识，到了深奥的程度。他对此抱有长久的兴趣，使得他在教授、评议员和研究员等昏暗安静的世界里享有一席之地。在这些人士举行的友好庄重的晚餐会上，他亦是谈笑风生，毫不逊色。他喜欢的作家是蒙田。

此刻，卡普尔先生坐在阳台的小桌旁。早餐快吃完的时候，一辆大型轿车开进了旅馆门前的车道。“这是谁啊？”他问侍者。

“是经理吧。”侍者无精打采地说道，“他是专程去火车站接站去了。"

汽车刚一停下，搬运工就赶忙从门厅跑了出来。卡普尔一看，高兴地叫了起来。只见来人从汽车里钻了出来，走上阳台，将帽子扔到一把椅子上。这个男子身材修长，同卡普尔比起来要年轻许多。他的脸庞始终挂着微笑，颧骨较高，颇得堂·吉诃德遗风。他身着一条粗布紧身裤，头发和小短胡须显得不是太干净。

"卡普尔，这可真是奇遇啊！"那人喊着。没等卡普尔先生站起身来，他就扑过来用力抓住了他的手。"今天，我的运气咋就这么好呢？"他话赶着话地说，"这是一个钟头之内的第二次好运了。你好吗，我的好朋友？你来这儿干吗？为什么要在这里吃这可怜的早餐？是以前的傲慢又杀了回马枪了，还是又要琢磨起它是怎么消失的了？见到你，我真是太高兴了！"

"我猜着你就会来，特伦特！"卡普尔回答说。他的脸都要笑开了花了。"你看上去可是真不赖，好朋友！我会告诉你一切的！你一定还没吃早餐吧！跟我一道，好吗？"

"好呀！"特伦特说，"早餐可是真丰盛啊！太……还佐之以绝妙的谈话！我去洗漱一下。你让那位年轻的侍者给我摆一个位子。我要不了三分钟就回来。"他说着，转眼就不见了。

卡普尔先生稍微想了想，就往搬运工的屋子走去。他要去打一个电话。

回来的时候，卡普尔先生发现，他的朋友已经坐到桌子边上了。他正在倒茶，脸上流露出想要大快朵颐的神色来。

"我想，今天会有的干了！"他说话有些奇特，像是很拗口，又像是极为习惯了。"很可能要到晚上才能吃上饭了。你该猜到我来这里的原因了吧。"

"是的。"卡普尔先生说，"为了一桩谋杀案！"

"你这样说，可是不够壮烈！"特伦特一边切着鱼片，一边答道，"应该说，我来这里是为了以牙还牙，抓住凶手，维护社会正义。这是我的工作原则。对此，每个人都在那里拭目以待。我说，卡普尔，我已经有了很好的开端了。等一会儿我再告诉你。"特伦特狼吞虎咽地吃了起来，卡普尔在一旁高兴地看着。

"这里的经理很有判断力。"特伦特终于又开口说话了。"他对我有一点儿崇拜。他了解我经办的所有的最出色的案件，比我自己了解的还要清楚。纪录报社昨天晚上打来电报，告诉他们我今天早上到。我七点一下火车，他便等在那里了。他的汽车足有草垛那么大。我到这里来住宿，他高兴得不得了——让他长脸了嘛！"他喝了一杯茶，接着说，"一见面他就问我，想不想看被害者的尸体。他可以安排的。这可真是一个机灵鬼。尸体存放在斯托克医生的诊所里。你知道，就在村子里，跟刚发现时差不多。今天上午要验尸，我还来得及。他开车送我去的医院，一路上讲的都是案情的各个细节。到得医院的时候，我对案情就有了基本了解了。我想，这个经理一定跟医生有什么私交。医生一点儿也没刁难我，值班的警察也很友好。不过，他还是小心地提醒我说，报道里不要漏掉了他。"

"尸体抬走以前，我见过。"卡普尔先生说，"我想，没什么特别的地方，子弹击中的部位是在眼睛那里。面目没有被毁坏，也没有弄得到处是血。手腕上有抓伤。你有专业眼光，我想，你准能发现一些别的细节。"

"其他细节当然有。不过，我没觉得有什么启发，只是有些奇怪。比如手腕，你怎么能看到上面的抓挠痕迹？谋杀案发生以前，我想，你在这里一定见过麦特逊了！"

"当然见过了。"卡普尔先生说。

"那你有没有注意到他的手腕？"

卡普尔先生想了想，说："没有。你一说，我倒是想起来了。我在这儿见到麦特逊的时候，他穿着衬衣，挺括的袖口直将手背都遮没了。"

"他总是这样。"特伦特说，"我的经理朋友也是这么说的。我想，有一点儿你没有发现，但他注意到了。那就是他的袖口不在手腕上，而是被掖到了外衣的袖子里边，像是匆匆忙忙穿上的外衣，没有来得及将袖口拽出来似的。"

"我说，这就是启发了。"卡普尔先生说，"你的意思是，他起床时，衣服穿得很仓促？"

"是的。但事实果真如此吗？经理说的，跟你的讲述毫无二致。他跟我说，'麦特逊先生衣服穿得总是很讲究。'他还接着推断说，'他起床的时候，一定显得极其神秘，房子里的人都未受惊动。所以，他是匆忙之间将衣服穿就的。再看他的鞋！麦特逊先生的鞋总是特别整洁。但这一次，他的鞋带却系得这么随意。'我同意他的说法。'他将义齿也忘在屋里了。'经理说，'这些，难道不都在说明他的起床是慌慌张张、匆匆忙忙的？'我认为，这一切看上去像是如此，但我说，'你看这儿！要是时间紧迫的话，他为什么要将头发梳得这么仔细？这中缝分得简直就是艺术品了。他怎么能带上那么多的服饰：全套内衣、领扣、怀表、表链、钥匙、钱，还有兜里那些东西？'听我如此一说，经理也没词了。你能解释这一切吗？"

卡普尔先生想了想，说："这些事实也许表明，他是在更衣快要结束的时候才变得匆忙起来，外衣和鞋是最后才穿的。"

"但义齿不是。你去问问戴义齿的人就知道了。而且我听说，他起床后根本没有洗漱。对一个爱好整洁的人来说，这证明他从一开始就十分匆忙。还有一件事——他背心的一个兜里放着一块软皮。那是包裹怀表用的，他却把怀表放在另一个兜里。在这种习惯之下，上述事情是想做都做不来的。事实是，他既有十分激动、匆忙的痕迹，又有全然相反的痕迹。现在，我不做什么猜测。我必须首先查看现场，得和住宅里的人搞好关系。"说完，特伦特又埋头吃开了。

卡普尔先生对他友善地笑了笑。"这一点十分重要！"他说，"我可以帮你的忙。"

特伦特吃惊地看了他一眼。

"我跟你说了，我猜到了你要来。我会把事情告诉你。我的侄女麦特逊太太……"

"什么！"特伦特"啪"地放下刀叉。"卡普尔先生，你是在和我开玩笑吧？"

"我是很严肃的，特伦特。这是真的！"卡普尔先生真诚地说，"她的父亲约翰·彼得·多马克是我妻子的哥哥。我以前从未向你提到过我这个侄女和她的婚姻。说实话，这对我来说，一直是一个痛苦的话题。回到我们刚才说的吧。昨天晚上，我去了那座房子了。你从这儿就能看见。刚刚坐车来这里，也要经过的。"他指了指三百码外的一个红色屋顶。

它和小村隔着有一段距离，孤零零地立在那里。

"是从那里过来的。"特伦特说，"经理告诉我了。他还从主教桥那边将车开了过去。"

"这里的人对你的盛名及你出色的工作，都有耳闻。"卡普尔先生接着说，"我刚才说了，我去过那儿了。麦特逊的一个秘书波拉先生跟我说，希望纪录报社派你来处理这桩案件，警方似乎束手无策。他说起了你曾出色完成过的一两个案件。后来，我跟我的侄女梅布尔说了，她也很有兴趣。她极具教养，特伦特，而且性格刚毅。她说，她还记得曾读过你关于艾宾格案件的文章。发生了这桩惨案，她对报纸比较恐惧，让我将记者尽量赶得远远的。特伦特，我想，你能理解她的。她对记者这一职业并无偏见。她说，你像是很有些侦探的本事，她不会妨碍你查清罪孽的。我跟她说过，你是我的朋友，办事很有分寸，懂得照顾别人的感情。最后，她说，要是你来的话，希望能在各方面给你帮助。"

特伦特隔了桌子，将身子倾了过来。他握了握卡普尔的手，什么话也没说。

卡普尔先生对这一局面感到高兴。他接下来说道："我刚才给我侄女打了电话。对你的到来，她很感高兴。她让我告诉你，你可以随意发问，房子和周遭对你不设禁区。她可能不会亲自见你，会一个人待在客厅。她已经见过一个侦探了，觉得再接待别的人就说不过去了。她还说，她觉得自己的讲述对案件的侦破毫无益处。两个秘书及男仆马丁，那是一个非常聪明的人，会告诉你所有情况的。"

特伦特皱着眉头吃完早餐，将烟斗慢慢地装满，坐到阳台的扶栏上去了。"卡普尔，"他平静地说，"关于这件案子，你是不是有知道却不愿告诉我的?"

卡普尔微微一惊,用惊讶的目光盯着他,问道:"你这是什么意思?"

"我是说麦特逊夫妇。这桩案件我才刚接触,便有一件事吸引了我的注意。我跟你讲讲,好吗? 一个人突然被暴力致死,却没有人为此悲伤。至少,差不多就是这样的情形了。跟我谈起他时,旅馆经理冷冰冰的,就像根本不曾见过他似的。你谈及此事,也是毫不为之动情。而麦特逊太太,也不例外。请别介意我的话。不过,我听说妻子在得知丈夫被谋杀后,内心里的惊慌失措要比外表所示来得更为严重。卡普尔,这是另有原因,还是只是我的胡乱猜测?我和麦特逊先生同船旅行过,但我们没有交谈。我知道,他那众所周知的性格的确让人讨厌。你知道的,这会影响到案件侦破。这是我要发问的唯一理由了。"

有一会儿,他们无话。卡普尔先生捋着胡须,抬眼朝大海望去。然后,他又将头掉转来,看着特伦特。"亲爱的朋友,我没有理由对你隐瞒不报。在这一点上,你无需费心选用多么含蓄的形式来对我进行暗示。事实上,没有人曾真正喜欢过麦特逊。在我看来,人们越是接近他,恨他就会越厉害。"

"为什么?"

"对此,多数人会自己都说不清楚。在我这里,我只能说,这个人根本缺乏同情心。外表看上去,他毫无可恶之处。他风度不错,也显得光明磊落,又不乏味。事实上,他还是一个很有趣的人。就我对世事的理解来说,要想实现自己的理想,想使自己和自己的意志举足轻重却又不想做任何牺牲的话，他就不能算是一个人了。不管怎么样，重要的是，梅布尔，我抱歉这样称呼她，她很不幸福。我年纪比你大了你一倍去了，亲爱的孩子，尽管你总想让我觉得我们就是一代人。我是上了年纪的人了，人们大多愿意找我诉说他们婚姻中的烦恼。但我侄女和她丈夫的事我可是从来没有听说过。她还是孩子的时候，我就认识她了。特伦特，我知道，你了解我的。我是不会轻易使用'知道'这个词的。我知道，她具有所有男人喜欢的那种温顺和贞洁，更不用说她的其他美德了。在过去的一段时间里，麦特逊却让她感到痛苦异常。"

"他都干了什么了？"趁着卡普尔停顿的那会儿，特伦特问道。

"我曾这样问过梅布尔。她回答说，他好像在培育一种永久的怨恨。他不同任何人亲近，什么也不说。我不知道他之所以这样做的前因后果。她只是告诉我说，麦特逊的这种状况所来无由。我想，她是知道麦特逊在想什么的，不管那到底是什么。但她性格非常高傲。这好像有好几个月了。最后，也就是一周以前，她写信给我。我是她唯一的近亲了。还是孩子的时候，她母亲就死了。到她爸死了之后，我就成了她的父亲似的，直到她结婚。这是五年前的事了。现在，她请我来帮她，我立刻就来了。这就是你为什么在这里看到我的原因。"卡普尔先生停了下来，端起了茶杯。

特伦特抽着烟，凝视着六月炎热的大地。

"我不愿去'白房子'。"卡普尔先生又续起前边的话题来了。"我对社会经济体制和劳资关系的观点，你是知道的。这个人居然动用他所谓的工业力量，干出了那样臭名昭著的事情来。特别是三年前在宾夕法尼亚煤矿的事情。除了个人的价值取向外，我还认为他是一个罪恶的制造者，是一个社会渣滓。我在这间旅馆住下了，也是在这儿见的我的侄女。她跟我讲了我刚才告诉你的事。她说，她为此焦虑不安，羞耻不已。尽管如此，她还得在人前装模作样。这真让她受够了。她问我该怎么办。我告诉她，让她直接跟麦特逊谈，让麦特逊自己说为什么要如此对待她。但她不愿意这样。她总在欺骗自己，尽量不去注意麦特逊的变化。我知道，她是不会向麦特逊承认她自己所受到的伤害的。她太自尊了!"卡普尔先生说着，叹了一口气。"好朋友，她的生活里满是这种固执的沉默和蓄谋已久的误会。"

"她爱过麦特逊吗?"特伦特突然问道。

卡普尔先生没有立刻回答。

"难道她对麦特逊没有爱情吗?"特伦特又问道。

卡普尔先生在手里把玩着茶勺。"我要说的是，"他说得很慢，"我以为她并不爱麦特逊。但是，特伦特，你不要误解了这个女人。没人能说服她承认这一点的。要她在内心里向自己承认，我想，她做不到，只要她认为自己还是属于麦特逊的。我想，这都是因为，尽管有了我刚才说的这些不愉快，但麦特逊还是非常懂得体贴人的，还是很大度的。"

"你说过，她并不想去乞求他如此对待她。"

"是的。"卡普尔先生回答说，"我有经验。只要涉及自尊，彼得家族是不会让自己有丝毫动摇的。我仔细想了想，准备寻找机会。第二天，在麦特逊经过这家旅馆时，我将他叫住了，请他拿出几分钟来，我们谈谈。他便走进了下面那扇大门。自从侄女结婚后，我们从未有过交谈。不过，他肯定记得我。我开诚布公地将事情说了，语气非常坚定。我告诉他梅布尔跟我说过的。我说，她的诉说使我卷入这一家庭事务当中，我无所谓赞同，也无所谓反对。但是，既然梅布尔痛苦难耐，我就有权利稍加过问，他将她置于这一境地，究竟是怎么想的。"

"他又是怎么回答的呢?"特伦特一边说着，一边在眺望着远处的景色，脸上露出了令人不可捉摸的微笑。

一个最温和的人去找了令人害怕的麦特逊理论家事! 这让他有些忍俊不禁。

"结果不太妙。"卡普尔先生沮丧地回答说，"事实上，糟透了! 我可以准确地告诉你他都说了些什么，话并不多。他说，'这么说，卡普尔，你是不想插手了? 我的妻子会照顾好自己的! 这一点，我已经发现了。我还发现了一些别的事情。'他显得非常平静。你知道，人们都说他从不生气。但是，他眼睛里的光芒会使理亏的人感到恐惧。他最后那句话，还有他说话的腔调，我是学不出来的，但当时将我惹火了。你知道，"卡普尔先生毫不掩饰地说，"我喜欢这个侄女。她是我们，也是我家里唯一的孩子。我妻子从小就抚养她。我只要一想起梅布尔，就要想起我已经去世了的妻子。"

"你跟他发火了?"特伦特问，语调很低沉。"你想让他将话说清楚了!"

"正是这样。"卡普尔先生说，"有一会儿工夫，他只是盯着我看，并不说话。我看到他前额的青筋都暴突了起来。真是难看极了! 接着，他又转为平静了，说: '我看，这事就算谈得差不多了。'说完，他就转身走了。"

"他说的是与你会面的事吗?"特伦特若有所思地说。

"由字面来看，可以这么理解。"卡普尔说，"但他跟我说话的口气，当时却让我产生了一种奇怪的担忧和恐惧。他让你觉得，他是已经打定主意，有了什么罪恶的解决办法了。遗憾的是，我完全丧失理智了，大为恼火。"卡普尔先生说道，语气里不无遗憾。"我说了不少蠢话。我提醒他说，法律会给予受到非公正待遇的妻子以自由；还说了他以前的一些劣迹，尽管与那天要说的事毫不相关；又说，像他那样的人根本不配活在世上！这些话说出来的时候，我确实缺少思考。当时，有六七个人坐在阳台上看着我。他们很可能都听到了。尽管我当时激动不已，但当我发泄完了，确实是痛快淋漓了，我才注意到了周围的围观者。"卡普尔先生叹了一口气，仰脸靠坐在椅子上。

"麦特逊呢？他没再说什么吗？"

"什么也没说。我在说话的时候，他眼睛一直盯着我的脸在看，平静如常。当我说完了，他微微一笑，转身穿过大门，朝他的'白房子'走去。"

"这事发生在……"

"周日上午。"

"此后，你还见过他吗？"

"不。我没见过。"卡普尔先生说，"也可以说见过一次。那是当天晚些时候，在高尔夫球场。我们没有说话。第二天早上，他就被发现死在自家庭院了。"

他们两人之间默默地对视了一会儿。一帮刚刚洗浴过的客人走上台阶来，坐在离他们不远的一张桌子旁聊天。侍者也过来了。卡普尔站起身来，拉着特伦特的胳膊，一起来到旅馆旁边狭长的网球场上。

"我跟你说，这一切都其来有因。"卡普尔先生说。这时，他们来回地踱着步。

"这我相信。"特伦特说。他小心翼翼地将烟斗装满，点着火抽了一口，说，"你要是不介意，我倒想试着猜一猜。"

卡普尔先生严肃的脸上绽出了一丝微笑，没有出声。

"你觉得很可能，"特伦特沉吟着说，"或者说你肯定，麦特逊夫妇的事情不只是夫妻之间的争吵。这事我以后也会发现。我那让人讨厌的想象力立刻说了，麦特逊太太脱不了与案件的牵连。你打定主意，与其让我去推断，不如你主动将事情仔细说清楚了。你想这样的话，你还可以用你的看法来影响我对你侄女的判断，而我是很尊重你的判断的。我说的没错吧。"

"正是如此。听我说，好兄弟！"卡普尔先生热情十足，拉着特伦特的手臂。"我这是实话实说了：麦特逊死了，我真的很高兴。在我看来，他这样一个只懂赚钱的商人，只会给世界带来危害。梅布尔就像我的亲生女儿一样，但他却使她的生活苦不堪言。同时，我非常害怕梅布尔有嫌疑，并被牵连进这桩案件。她是那么脆弱、善良，让她与无情的法律打交道，哪怕只有一次，我也不想。她会受不住的。我想，如今的女孩子，许多人二十六岁就能经受如此考验了。她们所受的高等教育使她们变得坚强起来了，也许什么都不在乎。我并不是说妇女生活这一潮流是坏事。可梅布尔不是这样的。她不是那种从小围着我傻笑的女孩。她有自己的独立判断、坚强的个性，在思维能力和爱好方面都受过良好的教育。但是，这一切……"卡普尔打了一个手势，"都和挑剔、拘谨、女人的神秘感联系在一起了。她已不是这个年龄的女孩了。特伦特，你没见过我的妻子，梅布尔和她真是再像不过了。"

特伦特低下头去。他们在草坪里又走了一会儿。

特伦特问："她为什么要嫁给麦特逊呢？"

"我不知道。"卡普尔先生简短地回答说。

"我看，是因为爱慕他的缘故吧。"特伦特说。

卡普尔先生耸了耸肩。"我听说，女人或多或少都要被她周围的成功男人所吸引。对于一个从未动过情的女孩来说，麦特逊这样专横任性的人哪来的魅力呢？这是我们不能明白的。或许，接受一个人皆尽知的人呈献上来的爱心，是很惬意的一件事情。她肯定也听说过麦特逊在金融领域的势力。她交往的一直都是艺术或文学爱好者，根本就不会想到，世间还有如此没有灵魂和人性的人在。我想，她是直到今天，也不能彻底地了解到这一点的。当我听说这事的时候，木已成舟了。我就想，还是不要将自己这不甚成熟的想法说出来的好。她已经长大了，由传统的眼光来看，她是无可挑剔的。我敢说，他那巨大的财富对于女人来说，都是厄运在招手。梅布尔每年有几百英镑的收入，也许刚够让她了解几百英镑意味着什么。这一切，只是我的推测。据我所知，曾有几十个小伙子向她求过爱，但她从没动过心。我从来都不相信，她是真的爱着这个四十五岁的男人。可她的确是想嫁给他的。至于你跟我要原因，我只能说，我不知道。"

特伦特点了点头。他们接着又漫步了一会儿。特伦特看了看手表。然后说道："你说的这一切，我都非常有兴趣。我都差点儿忘了主要的工作了。我不能将这个上午就这么浪费了。我得马上去'白房子'！恐怕要干到中午了。卡普尔，要是那时还能见到你，我会把发现的一切告诉你的，除非我被意外耽误了。"

"上午我要去散步。"卡普尔先生说，"午饭，我想去高尔夫球场旁边的一家小饭馆吃。它叫'三碗餐馆'。你最好跟我一起去吃去。饭馆在路的那一边，离着'白房子'四分之一英里的距离。你可以看见那两棵树之间的屋顶。那儿的饭菜很简单，却是很不错。"

"有箱啤酒就行啊。"特伦特说，"我们吃面包和奶酪就够。愿上帝保佑我们简朴的生活别再传染上奢侈的毛病。染上了，就会身体虚弱，内心变得恶毒。到时见！"他走回阳台，拿起帽子，向卡普尔先生挥了挥手，就离开了。

留下这位老绅士坐在草坪的躺椅上。他双手垫在脑后，两眼望向湛蓝湛蓝的远空。"可爱的家伙！"他轻声念叨着，"是一个好朋友啊！真够他敏锐的！天哪！一切都是那么的奇特！"

四 侦查比赛

　　特伦特是个画家。更为重要的是，他是画家的儿子。才二十多岁，他在英国艺术界就小有名气了，画作也卖得不错。

　　他颇具创作才能，工作也显得从容自如。他从不间断创作，偶尔来了激情和灵感，也会当一次拼命三郎。

　　父亲的名气对他，可是大有助益。这使他免去了初出茅庐的人常遭的贬损。最有助于他成功的，说来还是他那令人喜欢的天性——友善、活泼、幽默、好奇的性格，永远都会深得人心的。此外，特伦特对人总是那样真诚，这使他与人的交往更是深了一层了。

　　他看人往往能够一针见血，却并不表露出来。他知道，总爱自我欣赏和自我陶醉的人是不那么受欢迎的。他不管是在嬉戏逗乐，还是在专心致志地工作，总是一脸的轻松快乐。

他知识丰富，涉猎广泛。艺术、历史、文学无所不通，诗歌尤得他的欢心。三十二岁的人了，他还是一副嬉皮士形象，好奇和勇于探险的青春本性始终驻留在他年轻的身上。

他的盛名比他工作应得，大了有百倍去。这都来源于他一时的冲动。有一天，他偶尔拿起一张报纸。上面登载有案件报道。那是罕见的奇特案件，是一桩发生在火车上的谋杀案。犯罪现场令人迷惑。有两个嫌疑人被捕。这让特伦特很觉新鲜。朋友们对案件的看法他听过，在翻看了几份相关的报纸之后，他的兴趣不可抑制了，想象力也随之活跃起来了。这是从来没有过的情形。以前，这种激情只在艺术灵感凸现或去探险时才会爆发。晚上的时候，他给纪录报社的总编辑写了一封长信。对案情的最详细、最有见地的分析报道就是由这家报纸做出的。

爱伦·坡处理玛丽·罗杰斯谋杀案的侦破方法被他学以致用了。他根据报纸报道，集中注意力寻找被报道忽略了的证据。由此推断，他觉得，一个自愿作证的男子的嫌疑更大。莫洛伊爵士将这封信刊登在头条。就在同一天晚上，莫洛伊爵士在《太阳报》上发布消息说，那位男子已被捕，并且供认了全部罪行。

莫洛伊爵士对伦敦的大街小巷了如指掌，马上就找到了特伦特。

两人一见之下，意味甚是相投。特伦特就有此等本事。他天生懂得消除自己与他人之间的年龄差距。纪录报社地下室的大型印刷机居然让他勃发了新的热情，让他舍得作画当场。莫洛伊爵士则立刻将其画作买下，不惜整块报纸版面，当场印制。

此事过后几个月，又有一桩神奇的案件发生。莫洛伊爵士请来特伦特共进晚餐，并给了他一笔钱。对于年轻人来说，这数目非常可观了。莫洛伊想请特伦特做纪录报特邀代表，帮助调查这桩离奇案件。

"你肯定能行！"这个前总编辑劝说道，"你写得一手好文章，又善于跟人打交道，要不了半个小时，我就能教会你采访的全部技巧。你很有侦查天赋，既有想象力，又有令人信服的判断力。想想吧，要是你接手了这项工作，该多好啊！"

特伦特不得不承认，这事对他来说，太有趣了。他眉头微皱，口不离烟。最后，忍不住就应承下来了。他当时犹豫不决的唯一原因在于，怕自己不熟悉这一工作。但对他来说，他的行动准则似乎就是：与恐惧对着干！

他成功了！他又一次让警察当局大为震惊。他的声名也由此远播。

然而，没过多久，他便悄然隐退，重操旧业去了。他不喜欢记者这个职业。

莫洛伊爵士对艺术颇有研究，也不去强求他接受这份高薪。但在往后的几年里，他向特伦特发出的求救要求不下三十回。有的时候，特伦特实在忙得无法抽身就只好回绝；有的时候，他无需邀请，已然捷足先登，早将案件查个水落石出了。

与《纪录报》的不时接触，使他的名字在全英国已是家喻户晓了。但公众对他，也不过知道他的名字而已，别的就无从说起了。他拒绝在莫洛伊的报纸上发表任何关于他个人的消息。而作为莫洛伊爵士的人，别的报纸也是泼水不进，怎么也撬不走特伦特的。

这会儿，特伦特正在沿着山坡，快步走向"白房子"。他边走边想，麦特逊案件的结局可能会非常简单。

卡普尔是一个聪明的老家伙，但他想让自己对他侄女的嫌疑网开一面，像是不可能了。

旅馆经理谈到她的美貌时，其夸饰的程度引起了特伦特的注意。他还特别褒奖了她的善良本性。这个经理显然并不深具艺术修养，但他的话却给特伦特留下了深刻印象。"不只是这里的大人，就是小朋友，一听到她的声音，便都变得活泼起来了。"那个经理说，"每个夏天，大家都盼着她的到来。我的意思并不是说，她只是那种好心肠的女人。其实，她很有主见！你明白我的意思吗？我是说，她有一种意志，有进取心。对她的遭遇，马尔斯通镇没人不为她难过。麦特逊死了，有人觉得，这是她的福气呢！"

特伦特非常想见一见麦特逊太太。

穿过一片空旷的草地和灌木丛之后，特伦特看到了一座红砖砌成的两层小楼。在山墙上，标注着住宅名称。

早上路过这里的时候，他从车窗里看到过它。这房子不会太旧，大概只有十年的历史。这里环境优美，周围非常幽静。英国富人在乡间建的小房子，就是这种氛围。

路那边，房子前面，是一片丰美的草地，一直延伸到悬崖边上。房子后面的小丛林，则一直延伸到了沼泽地。

这样一处胜境，竟然成了犯罪现场。真是不可思议！

它是如此的宁静宜人！

在房子那边，也就是花园和白色道路之间的篱笆附近，有一个专供园丁使用的工具棚。尸体就是在那儿被发现的。小棚歪歪斜斜地搭靠在木板墙上。

穿过大门，特伦特沿着大路，一直来到了小棚对面。再往前走四十码，道路突然从房子那儿偏离开去。它在种植园中穿行而过。道路拐弯的地方，就是院子的尽头了。篱笆上开了一扇白色的小门。

他来到了门前。很明显，这门是给园丁等人使用的。门上的合页非常灵活。他沿着小径，来到了房子后面。这里一边是篱笆，一边是爬满了花藤的高墙。那个小棚就搭靠在这面高墙上，周围便是树丛。

尸体就是在小棚旁边发现的。

他开始了仔细的检查。在小棚里翻检了一遍，什么收获也没有。一些没有被割除的草被尸体压倒了。他蹲在那里，用手将地面整个摸索了一遍。还是什么都没发现。

有声响传过来。他发现，这是从房子那边传过来的。原来是前门关闭的声音。

特伦特站起身来，走到路边。

一个男人正在快步走出房子，朝院门走来。

脚步声越来越响了。突然，那人猛地车转了身子，站在当地。他两眼热情地望着特伦特。

乍看之下，他的脸真能把人吓一跳。它又苍白又疲倦，但看上去很年轻。蓝色的大眼睛旁平平展展，一丝皱纹也没有，尽管他已是非常的紧张和疲劳了。

两人走近了一些。特伦特羡慕地看了看他那宽阔的肩膀，真壮实。他站立的姿态——尽管疲倦使他显得有些僵硬——英俊的相貌、匀称的体型、短平光滑的黄头发，和特伦特打招呼的声音，这一切都表明，他受过特别训练。"朋友，我想，他一定是牛津运动场上的积极分子了！"特伦特暗暗对自己说。

"您就是特伦特先生吧？"年轻人高兴地说，"我们正在等您呢。卡普尔先生从旅馆打来电话了。我叫马罗。"

"我想，你就是麦特逊先生的秘书吧。"特伦特说。

一见面，特伦特就对年轻的马罗先生不无好感。他虽然有体力透支之虞，但还是显得健康而有生机。这正是他这个年龄层的年轻人特有的神采。他的眼神中蕴藏着一股力量，那是对特伦特明察秋毫的挑战。在特伦特看来，这种习惯性的表情说明他在思考，在权衡即将发生的事情的分量。这眼神绝非虚空，它充满了智慧、坚毅和主见。

特伦特想起自己曾在什么地方见过这种眼神。他接着说："这事真够大伙受的了！马罗先生，你恐怕已是焦头烂额了吧？"

"有一点儿。"这位年轻人满脸倦容地说道，"周日，我开了一个晚上的车。昨天一整天都在路上，晚上也没能睡着。那消息闹得——谁还能睡得着。眼下我有个约会，要去医生那儿安排尸检的事。这工作本来安排在明天进行的。你进屋去吧，可以去找波拉先生。他正在等您。他会向您介绍情况，带您看看周围环境。他也是秘书，美国人。人很不错，会照顾您的。那儿还有一个侦探，是伦敦警察厅的莫奇警长。昨天来的。"

"莫奇！"特伦特有点儿惊讶。"我们是老朋友啊！他怎么这么快就来了？"

"我不清楚。"马罗先生答道，"事实上，他昨天晚上就到了。那时，我还未从南安普敦赶回来呢。跟每一个人，他都谈了话。今天早上八点，他又过来了。他现在在图书室里。就是那扇开着法式窗子的房间，在整幢房子的最端头。也许，您想和他谈谈吧。"

"我想，是吧。"特伦特说。

马罗点了点头，转身走了。

车道围着草坪转了一个弯，两旁是绿草密实的草坪。这使得特伦特的脚步轻得跟猫似的，听不到一丝声响。

不一会儿，特伦特来到房子南侧那扇打开的窗户前，微笑着朝里边张望。只见一个后背宽大的人正低头呆立在那里。他头发短平，有些灰白。

"总是这样吗？"特伦特语声忧郁地说。

那人一惊，猛地转过身来。

"打小起，我最大的梦想就是追求完善。我本以为，这次能抢在伦敦警察厅的前面了。可是现在，最大的长官早已经在这里了。"

那人咧嘴一笑，走到窗前。"我正在等你呢，特伦特先生。"他说，"这可是你最喜欢的那一类案件了。"

"要是真的考虑到了我的爱好的话，"特伦特一边说着，一边走进屋子去，"他们就该将这桩交易的竞争对手从这屋里赶出去。你都开始很长时间了，这我都知道。"他的目光开始在这屋里扫描了。"你来得也太神速了！我知道你办事利落，可我还是不明白，你是如何在昨天晚上就能及时赶到这里，并开始工作的？是不是伦敦警察厅开办了一个秘密航空公司？要不，就是有恶鬼相助？不管是哪一种情况，都该让内务部来理论理论了！"

"没那么复杂。"莫奇先生说话不动声色。这已成了他的职业习惯了。

"我正好跟太太在度假。就在海边，离这儿十二英里远。警察厅接到报案后，就通知我了。我给厅长打了电话，就被委派负责这个案件了。我昨晚是骑着自行车过来的，一直待到现在。"

"有一句题外话，"特伦特漫不经心地说，"莫奇太太好吗？"

"好得不能再好了！谢谢！"警长说，"她经常说起你，还有你和孩子们玩的游戏。特伦特，要是你不介意的话，我想提醒你：你在检查房间的时候，用不到跟我废这么多话。我现在算是知道你的路数了。其实，你早就已经开始侦查了；还取得了麦特逊太太的支持，太太还准予你在这里自由活动，并可随意发问。"

"正是这样！"特伦特说，"我还想把你比下去呢，警长！在'艾宾格案件'中，我输了你一着。你这个老狐狸！你要是真的不想讲什么礼节的话，咱们就别再互相吹捧了。说说案情？"

说完，特伦特走到桌子旁，看了看分门别类的各种文件，又瞅了瞅写字台，还瞥了一眼抽屉。"我看这儿是查完了。好了，警长！我想，我们还是按老规矩办事吧。"

跟莫奇警长，特伦特以前打过几次交道。莫奇在警察厅刑侦处很有权威。他为人安静、低调、精明、勇敢。曾经同非常危险的犯罪集团较量过。他的优良品性同他破案的威名相得益彰。特伦特和他之间有一种不甚明了的同情心理。两人一见如故，彼此喜欢上了，一种奇特的友谊在他们之间萌壮成长。为此，特伦特还觉得特别的自豪。

　　警长觉得跟这个年轻人在一起，显得随意而轻松。他们相互讨论案件的细节和可能性，相互启发。尽管如此，各自的侦查都遵从着必要的原则，也划定了必要的界线。这一点，两人都很清楚。特伦特从不将警长的话作为官方消息，拿到报纸上去发表。两人为了各自代表的名誉和利益，都为不泄露各自获得的证据和灵感而开诚布公地达成了谅解。特伦特将这些原则称之为侦探道德。

　　莫奇警长喜欢这种暗地里的对抗，也很高兴地加入到这种友好的竞争中来。他愿意和这聪明机智的年轻人一道工作。在报社名誉和警方名誉的争斗中，他们各有胜负。有时是经验丰富的警长获胜，有时则是思维敏捷、想象力丰富的特伦特获胜。特伦特的独特之处在于，他能够透过伪装，抓住细节深处隐藏的有意义的线索。

　　对特伦特的说法，警长做了友好的回答。他俩靠在窗前，开始了案情的讨论。

　　特伦特掏出一个不太厚的笔记本来。他一边谈话，一边描绘着房间的草图。这是习惯所致，常常是毫无用处。但间或，也有帮忙的时候。

　　这个房间很大，位于整幢住宅的角上。两面墙上都开有一个大窗户；屋子中间，放了一张桌子；门那边靠墙放着一个雕刻精美的角柜；墙上只有一小块地方没有被书挡住，挂着几幅画。书摆放在那里死气沉沉的，好像当初是量体裁衣一般买回来的。图书归置齐整之后，好似再也没有离开过书架。椅子、桌子和柜子一样，都是橡木雕花的。写字台前有一把安乐椅和一把转椅。房间看上去很奢侈，却又让人觉得空荡荡的。唯一的摆设是桌子上一个精致的大号蓝瓷瓶，一架座钟及壁炉架上的雪茄烟盒。此外，写字台的架子上还有一部电话机。

"见到尸体了吗？"警长问道。

特伦特点了点头，然后说："还看了案发现场。"

"案件刚接触时，很让人迷惑不解的。"警长说，"我来这里之前听到的情况，像是流浪汉干下的普通的抢劫案。当然，就是这样，也并非一般案件可比了。我刚着手调查，就发现疑点了。我想，你也注意到了。人是在自家院子里打死的。尸体离房子很近，却丝毫不见外人侵入的痕迹。而且，尸体未受洗劫。看上去，明显是自杀。恐怕你也会如此认为。只是有几点不能肯定。其次，他们告诉我说，一个多月前，麦特逊就有了精神不正常的迹象。我想，你已经知道了，他和妻子处得不好。佣人们注意到，他对妻子的态度起了变化，而且有很长时间了。到了上个星期，他几乎都不和她说话了。他们说，他像是变了一个人，显得心事重重，沉默寡言。也许是因为和妻子的关系恶化了，也许是因为别的事情。太太的女仆说，他看上去像是预感到要出什么事。每每事情发生了，人们往往就会潜意识里联想到发生在当事人身上的前兆。他们由此推断而得的结论也是自杀。特伦特先生，这算不算得上自杀呢？"

"据我所知，事实恰恰相反！"这时，特伦特坐到了窗台上。他的指关节不断地敲着膝盖。"首先，现场没有发现致人死亡的器械。我找过，你也找过。尸体附近连枪支的影子也没有。第二，手腕上有伤痕，是抓伤。我们只能认为，那是与人搏斗时留下的。第三，有谁听说过，自杀者有对着自己眼睛开枪的？旅馆经理给我说起过一条线索。这是案件中一个很奇怪的细节。他说，麦特逊出门时穿戴十分整齐，却忘记带义齿了。自杀的人穿戴整齐，是想要留下一个体面的身子，怎么会把义齿忘了呢？"

"最后一点我没听说。"莫奇警长承认道，"这里面肯定有原因。不过，从其他几点看，我也在考虑这是不是自杀。从早上开始，我就一直在寻找线索。你要做的，恐怕也是同样的事情。"

"没错。看来，这桩案子是免不了要劳神了。莫奇，咱们齐心协力！嫌疑对象的范围要尽量扩大一些。住宅里的每一个人都有嫌疑。你听好了！我来告诉你我怀疑谁吧。我当然怀疑麦特逊太太。我也怀疑那两个秘书。听说是两个，我还不能确定哪一个的嫌疑更大。我怀疑男仆和太太的女仆。我还怀疑其他佣人。尤其怀疑那个擦皮鞋的男孩。顺便问一下，都有哪些佣人？我的疑点太多，有多少人我便要怀疑多少人！"

"有趣！"警长答道，"不过，作为破案的第一步，这样做倒是唯一稳妥的办法。特伦特先生，这一点我们都很清楚了。昨天晚上和今天，这里的人我都见过了。在我这里，至少有几个人是被排除了的。结论你自己去下吧。至于佣人的话，有一个男仆，太太有一个贴身女仆，一个厨师，三个女佣人。其中一个是小姑娘。有一个司机，摔断胳膊，走了。没有男孩。"

"园丁呢？你没说那个幽灵般的园丁！你在包庇他，莫奇。说出来吧！不然，我就去案例委员会控告你！"

"花园是由村里的一个人照料的，一周两次。我跟他谈过了。他最后一次来是周五了。"

"如此的话，我更要怀疑他了。"特伦特说，"现在，我们谈谈这座房子。我本来想先看看这间屋子。据说，麦特逊待在这里的时间最多，还有卧室。尤其是卧室。既然在这里了，就由此开始吧！看来，你的调查顺序也不过如此。你去过卧室了？"

警长点了点头，说："我去过麦特逊和他妻子的卧室了，没有什么收获。他的房间简朴而空荡，我也没寻到什么线索。他的生活像是很俭朴，连贴身男仆也没有。房间就像一个地窖，只有一些衣服和鞋子。他们告诉我说，麦特逊离开前就是这个样子。不知道他昨天晚上几点离开的。这个房间通向麦特逊太太的卧室——那儿可不是什么地窖。依我看，夫人很喜欢漂亮玩意儿。尸体发现的当天上午，她就搬出去了。她还跟女仆说，她不能睡在这里，因为它连着死者的房间。特伦特先生，对于女人来说，这是再自然不过了的。她住到外边去了。也就是说，她住到别的卧室去了。"

"接着说，朋友！"特伦特一边做着笔记，一边喃喃地说道，"你见过麦特逊太太吗？我了解当警长的那种毫无趣味可言的谈话。要是我见过她，就好了。或许，你已经掌握了她的什么证据，只是不想告诉我。或许，你觉得她是无辜的，但并不反对我在她身上浪费时间。好啦，这都是比赛项目！真是越干越有意思了！"他对警长大声说道，"待会儿，我会再将卧室描下来。这个房间是怎么回事？"

"他们把它叫作图书室。"警长说，"麦特逊先生常在这儿写东西。他家居的大部分时间都待在这个房间。自从跟妻子闹翻以后，他每天晚上都在这里独自待着。据佣人们说，他们最后一次见到他也是在这里。"

特伦特站起身来，看了看桌上的文件。

"多是商业信函和文件。"莫奇警长说，"报告、计划，还有其他东西。有几封信谈的是私事，我没看出什么名堂来。那个美国秘书，他的名字叫波拉。这个怪人我没弄懂他。今天上午，他在帮我检查这个写字台。他记得麦特逊先生收到过恐吓信。他以为，谋杀就是恐吓所致，但没有明显的线索。每张纸我们都看了，唯一不同寻常的就是几摞钞票，数目很大，还有十几个小包装的未曾加工过的钻石。我让波拉把这些东西放到更安全的地方去了。看来，麦特逊先生最近又开始购买钻石了。这是他投机买卖的新方向。"

"这些秘书如何？"特伦特问，"我刚才在外面见到一个叫马罗的。他非常英俊，眼睛尤其漂亮，明显地是英国人。另一个便是美国人了。麦特逊先生为什么要一个英国秘书？"

"马罗跟我解释过。他说，那个美国人是麦特逊先生生意上的左右手，离不了的。马罗是管理账目的，对麦特逊的生意从不过问，情况一点儿也不了解。他的工作是照料马匹、汽车、游艇及安排娱乐活动等。他总是忙个不停。我想，他是有办法挥霍钱财的。麦特逊家族源于英国，所以选用了一个英国秘书。马罗先生以前，有过好几个英国秘书了。"

"由此可以看出他的爱好。"特伦特说，"一个超级财阀的生活乐趣掌管在他手中，你不觉得这很有意思吗？只有他们才会说，麦特逊家族是一身清白的。还是谈谈眼前的事吧！"特伦特看了看笔记本。"你刚才说，麦特逊最后一次露面，是'据佣人们说'。这意思是——"

"睡觉前，他和妻子谈过话。刚才我是说，那个叫马丁的男仆最后一次是在这里见到他的。我昨天晚上和他谈过。"

特伦特略作沉思，凝视着窗外洒满阳光的山坡。"让他跟我再说一遍，你会厌烦吗？"

莫奇先生拉了拉铃。

一个脸刮得很干净、身穿漂亮制服的中年人走了进来。

"这是特伦特先生。麦特逊太太授权他检查房子，了解情况。"莫奇解释道，"他想听你再说一遍。"

马丁鞠了一个躬。他把特伦特当成绅士了。要不了一会儿，他便能知道，特伦特并不是他心目中所谓的绅士。

"你来这儿后我已经见过你了，先生。"马丁讨好地说。他语速很慢，字斟句酌，"我会竭尽全力为你服务。你是想要知道周日晚上的情形吗？"

"请开始吧！"特伦特显得不苟言笑。马丁的样子很有一些喜剧色彩，特伦特尽量沉着脸，不露声色。

"我最后一次见到麦特逊——"

"不，一开始到不了这儿呢！"特伦特平静地打断他，"把整个晚上你见到他的情形说一说，也就是晚餐以后。尽量说得详细一些！"

"晚餐以后？好吧。我记得麦特逊先生和马罗先生在花园里来回踱着步，在商谈什么。当他们从后门进来时，我听到麦特逊先生在说，'要是哈利斯在那儿，那么，每一分钟都很重要。你得马上动身！什么也别说！'马罗先生回答说，'很好！我这就去换衣服，然后就动身——'接着，马罗先生回到自己的卧室去了。麦特逊先生走进了图书室。他拉铃叫我，交给我一些信，让我早上给邮差寄走，还让我先别睡。这时，马罗先生来了，劝他乘着月色坐车去兜兜风。"

"奇怪!"特伦特说。

"我也觉得奇怪。想起刚才听到的'什么也别说',以为乘月色去兜风不过是掩人耳目而已。"

"那时是几点?"

"大约十点吧。麦特逊先生跟我吩咐完后,就等着马罗先生把车子开过来。接着,他步进会客厅。麦特逊太太在那儿。"

"你当时觉着奇怪吗?"

马丁眼睛盯着鼻子。"既然你这么问了,先生……"他说得很委婉,"今年来这儿后,我还从没听说过他进过那间屋子呢。一到晚上,他就坐到图书室去了。那天晚上,他在麦特逊太太那里只待了几分钟,就和马罗先生走了。"

"你看见他们动身了?"

"是的,先生。他们向主教桥方向去了。"

"后来,你又见到了麦特逊先生了?"

"大约一个小时以后吧,在图书室里。那时候,大概是十一点一刻。当时,我注意到了,教堂的钟声响了十一下。我的听觉很灵的,先生。"

"我想,麦特逊先生拉铃叫你了。是这样吗?你来见了他之后,又怎样了呢?"

"麦特逊先生已经从柜里拿出了威士忌、苏打水和酒杯。他把酒放在那儿——"

特伦特打了一个手势。"说到这里,我想问一下,麦特逊先生爱喝酒吗?你应当知道,这与好奇心无关。我要了解这一点,是因为它极有可能对案件侦破有利。"

"是的,先生。"马丁严肃地回答道,"我愿意把我跟警长说过的话，跟你再说一遍。麦特逊先生算得上一个很有节制的人。我在这里干了四年了，从没见他沾过烈性酒。他只在晚餐时喝一两杯葡萄酒。午餐时极少喝，临睡前有时会喝一点儿威士忌和苏打水。看来，他没有嗜酒的癖好。一到早晨，我常常发现，他的杯子里只有一点儿苏打水。偶尔，他会兑上一点儿威士忌，并不多的。他对饮料并不特别在意。他只喝普通的苏打水。饮料就放在这里的柜子里。他讨厌不必要的等待。晚餐后，他不叫我，我是从来不会靠近他一步的。这在我，都是习以为常的事了。他想要的东西得马上到手；送到之后，人要马上离开。对别人问他还要什么之类的废话，他会大光其火。先生，麦特逊先生的嗜好真是简朴得出奇！"

"很好。那天晚上十一点一刻的时候，他拉铃叫了你；你还能准确地记得他都说了些什么吗？"

"先生，我想，我说的大体不会有错。他的话并不多。首先，他问我，波拉先生睡了没有。我说，他睡了有一会儿了。接着他说，他想找个人守夜到十二点三十分；那时，可能会有一个重要电话打进来。马罗先生坐他的车去南安普敦了。他想让我来做这个工作，有电话就记下来，不必打扰他。他还要了一杯新鲜的苏打水。我想就这些，先生。"

"我想，你当时并没发现他有什么异常。"

"是的，先生。没有丝毫异常。我进去的时候，他正坐在写字台前听电话。我想，他是在等着电话接通呢。他一边吩咐我，一边还在听电话。当我拿着苏打水回来时，电话已经接通了，他正在通过电话同什么人交谈。"

"还记得他说了些什么吗？"

"没什么，先生。谈的是哪个旅馆里住着什么人。我把苏打水放在桌上，就走了。我将门关上时，听到他在说，'你肯定他不在旅馆'。反正就是这么个意思。"

"这是你最后一次看见他了？"

"不是，先生。过了一会儿，十一点半时，我坐在餐具室里看书消磨时间。餐具室的门是开着的，我听见麦特逊先生上楼去睡了。我马上就关了图书室的窗户，又把前门锁好了。之后，我就没再听到别的什么声音了。"

特伦特想了想，说："我想，你坐在那儿等电话的时候没有打盹吧？"

"没有，先生。我在那个时段总是很清醒。我睡眠不好，在海边尤其如此。我通常都是躺在床上看书，直到半夜。"

"电话来了吗？"

"没有，先生。"

"电话没有来——晚上这么热，我想，你睡觉时一定开着窗子了吧。"

"我晚上从不关窗子，先生。"

特伦特做完笔记，站起身来，垂着眼睑在屋里来回走动了一会儿。

最后，他在马丁面前停下了脚步。他问道："有几个细节，我想再问问你！你睡觉前去关闭的图书室窗户，是哪一扇？"

"那扇法式窗户，先生。它开了一整天了。门对面的那扇窗子就很少打开了。"

"窗帘呢？我在想，房子外面的人能否看得到屋里？"

"要是在那边的花园里，就不成问题。天气热时，窗帘是从来不会拉上的。麦特逊先生晚上经常会坐在门口。他抽着烟，眼睛望向无边的黑暗深处。不过，他要是在干什么，是谁也看不清楚的。"

"好的，请你再解释一下！你说，你的听觉很灵敏，麦特逊先生用过晚餐以后从花园走进屋里时你听到了。那他坐汽车出去兜风，回来时的声响你听到了吗？"

马丁没有马上回答，停了一下才说："您提到这一点，先生，我便想起来了。我没有听到。他在这间屋里拉响了铃，我才知道他回来了。如果他是从前门进来的，我应该听得见的。他肯定是从窗子那儿进来的。"他想了一会儿，又说道，"麦特逊先生一般都从前门进来，在大厅里挂好衣帽，再穿过大厅走进书房去。我看他可能是急于打电话，就径直穿过草坪来到窗前——他遇到重要事情需要处理时，就是这个样子的。哦，我想起来了。他那时还戴着帽子，大衣扔在桌子上，吩咐我的时候，口气也很蛮横——他忙碌的时候总是这样。大家都说，麦特逊先生的脾气实在急躁。"

"啊，看来，他当时是很忙碌的了。可是，你刚才不是说，你没有注意到有什么异样吗？"

马丁听了，脸色微微一变。"先生，这说明你根本不了解麦特逊先生。请原谅我这么说。他这种样子无所谓特别，实在是太正常不过了。我花了好长时间才适应了他的这种风格。他要么就是安静地坐在那里抽着雪茄，思考或者阅读；要么就是写信、口述、打电话等同时进行。人家光是看着这种忙乱都会昏了头去，他却常常一忙就是一个多小时。所以，他急急忙忙地拨打出去的一个电话在我看来，实在是无所谓奇怪了，相反，却是再正常不过了。"

　　特伦特看了看警长。警长给他递了一个眼色。

　　对于特伦特的一连串提问，莫奇并无异议。这时，他提出了自己的第一个问题。"你说你离开时，他正在敞开的窗前打电话。你把饮料放在桌子上了，是不是？"

　　"是这样，莫奇先生。"回答警长的问题时，马丁的态度稍有变化。

　　这引起了特伦特的注意。警长接下来的问题又将他的注意力吸引了过来。

　　"说到饮料，你说麦特逊先生睡前常常不喝威士忌。他那天晚上喝了吗？"

　　"我说不好。这间屋子是早晨由女佣打扫的。我想，杯子会跟往常一样，是洗干净了的。我注意到，那天晚上的酒瓶差不多都是满的。那是几天前我刚刚加好的。我送新鲜苏打水时朝它们瞟上一眼，只是出于习惯，看看里面是否还剩得有酒。"

　　警长来到高大的角柜前，将柜门打开。他拿出一个玻璃酒瓶，放在马丁面前的桌子上。

　　"这酒比那时少吗？"他平静地问，"这是我今天早上发现的。"

　　酒瓶已经下去一半多了。

　　马丁的胸有成竹第一次出现了动摇。他急忙抓起酒瓶，举到眼前晃了晃，又吃惊地看着其他人，慢慢地说："比我最后一次看到的少了一半。那就是周日晚上的事。"

　　"我想，屋子里没有别的什么人吧？"特伦特问道。

　　"当然！"马丁的回答肯定而干脆。接着，他又补充说，"对不起，先生。这事对我来说，实在有些奇怪了！自我认识麦特逊先生以来，还从未发生过这样的事情。至于那些女佣，她们从来都不会去碰酒瓶的。这我可以保证。至于我自己，大可不必从酒瓶里倒酒。"他又拿起酒瓶，茫然若失地看了看。

警长眼里满是称心如意的神色，好像一个大师在打量着自己的杰作。

特伦特将笔记本又翻过一页，一边用钢笔轻轻敲着本子，一边思索着。过了一会儿，他抬起头来，问道："我想，麦特逊先生那天晚餐时穿得很整齐吧。"

"是的，先生。他穿了一件外套。他叫它小晚礼服。是在家吃晚餐时，他常穿的那种。"

"你最后一次见到他时，他也是这种穿戴吗？"

"只是外套不一样。他晚上待在图书室时，往往会换上一件旧猎装——颜色较浅，粗花呢的。我最后一次见到他时，他就是穿着这件衣服的。猎装就挂在这儿的柜子里。"马丁说着，打开了柜门。"这儿还有麦特逊先生的渔具等东西。猎装放在这里，晚餐后他就不用上楼去换衣服了。"

"晚餐服是放在柜子里的吗？"

"是的，先生。早上的时候，女佣再将它放回楼上去。"

"早上？"特伦特缓缓地重复了一遍。"现在，我们来谈谈早上。你能准确地告诉我当时的情形吗？据我所知，是十点左右发现的尸体。在此之前，没人发现麦特逊先生失踪了吗？"

"确实如此，先生！麦特逊先生不让大家叫醒他。他早晨也不要什么东西。他一人睡一间房。通常八点起床，洗个淋浴，九点以前就下来了。他也常常睡到九点到十点钟。麦特逊太太总是七点钟的时候就会被叫醒，女仆会给她送茶过去。昨天早上，麦特逊太太跟平常一样，八点在她的起居室用早餐。大家都以为麦特逊先生还在睡觉，直到伊万跑进来告诉大家这个惊人的消息。"

"好了。"特伦特说，"还有一件事。你说，你睡前将前门锁上了。你只是习惯性地锁一下吗？"

"是这样的。先生，前门我只是拴上。后面的两扇门我都上了锁。一楼的窗户我也上好了插销。早上的时候，我没有发现什么变化。"

"跟你离开时一样。我想问你最后一个问题了。穿在尸体上的衣服是麦特逊先生那天的着装吗？"

马丁揉了揉下巴，回答道："您提醒我了，先生。我刚看到尸体时非常吃惊。开始时我没觉出衣服有什么异样，但过了一会儿，我就看出来了。那种假领，麦特逊先生只有在晚餐时才戴着的。接着，我又发现，他前一天穿过的衣服又都穿上了——前襟宽大的衬衣，还有别的——只是外衣、背心、裤子、褐色皮鞋和蓝色领带不同。至于外衣，那是他可以穿的五六件衣服中的一件。他没穿其他衣服，只是因为它们拿着顺手，根本不管哪件是白天该穿的衬衣和外衣。这是从未发生过的事情。还有其他事情也不同寻常。这些都表明，他起床时，肯定非常忙乱。"

"当然。"特伦特说，"我想，我要了解的就是这些了。你讲得都很清楚，马丁。以后要是再有问题，我想，我能在周围找到你吧。"

"我听您吩咐，先生。"马丁鞠了一个躬，默默地走了。

特伦特一屁股坐在安乐椅上，深深吸了一口气。"马丁真了不起！"他说，"他是一个十分有趣的人，咱们这辈子也赶不上他了。可爱的马丁，身上一点儿有害的元素也没有。你知道吗，你怀疑马丁是错误的。"

"我没说我要怀疑他啊！"警长吃了一惊，"你知道的，特伦特，他要是觉得我在怀疑他的话，就不会这么说了。"

"他确实不曾这么认为。他是一个很有意思的人，是一个伟大的艺术家，但他根本不敏感。他从来没有想到过，你——莫奇，竟会怀疑他马丁——这样一个完美的人！但我知道这一点。你知道，警长，我研究过法官心理学。这是一门被忽略了的学问，它要比犯罪心理学有趣多了，却不比它容易。我向他提问时，总能从你眼里看见镣铐。你的双唇在无声地发出警告：'我有责任告诉你，你现在说的一切都将被记录下来，作为不利于你的证据。'你的貌似平静的表情可以欺骗很多人，却骗不到我。"

警长会心地笑了。他从不会去在意特伦特的这种胡说八道。他还将这当作一种恭维，听了觉得很高兴。

"是啊，特伦特先生。"他说，"你说的对极了！无需否认，我是怀疑他了。并非有什么确凿证据，不过，佣人们是很容易被牵连进去的。你还记得威廉·罗素爵士的贴身男仆一案吧。同往常一样，他早上去主人卧室打开窗帘，轻手轻脚的。几个小时后，他就将主人杀死在床上了。这屋子里的所有女人我都谈过话了，她们都没有作案动机。马丁不能那么轻易地被排除。我不喜欢他的做派，总觉得他还隐藏了什么。真是这样的话，我怎么也得将它挖出来。"

"好了，"特伦特说，"话不能说得太满。咱们回到事情本身来吧！你有什么证据，可以反驳马丁刚才所说？"

"现在还没有。他说麦特逊先生兜风回来后，是从窗户进来的，我觉得这话没错。我问过第二天打扫房间的女佣。她告诉我说，窗户附近的地毯上有沙粒，窗外的沙地上也有一个脚印。"警长从口袋里取出卷尺，量了量步幅。"麦特逊先生那晚穿的漆皮鞋正好和脚印吻合。你可以亲自去看看。就在卧室的上层架子上，靠窗户那边。擦鞋的女佣今天早上拿给我看了。"

特伦特弯腰下去，仔细看了看脚印。"好啊！"他说，"你已经获得不少线索了。威士忌一向难以让人忽视。你观察非常仔细。我差点儿想喊'再来一个'。这事儿我得好好想想。"

"我还以为你已有了主意了。"莫奇警长说，"特伦特先生，我们的调查还刚刚开始呢。由眼下的情况，你能得出一个初步的结论来吗？比如说，这是一次有计划的盗窃案。作案的有两三人，马丁被收买了。他们弄清楚了——在客厅这些地方——物品的摆放位置。他们蹲伏在住宅周围，发现麦特逊先生睡觉去了。马丁在关门窗，却在窗户那儿留了一条缝。这当然是有意而为。十二点半的时候，马丁也睡了。他们溜进图书室，品起威士忌来了。这时，麦特逊先生未曾入睡。他们弄出的声响被麦特逊先生发现了。他悄悄起床来查看，他们转身就跑。麦特逊先生追到小棚那儿，抓住了其中一个。搏斗当中，窃贼急了，就将麦特逊先生杀死了。特伦特先生，你来补充一下！"

"太棒了，莫奇！"特伦特说，"谢谢你！特别是当我知道，你自己都不想相信这样的结论的时候！你的盗窃没有留下任何痕迹，而门窗就如马丁说的，是紧闭着的。我看，这个结论不太可信。再说，图书室走动的声音再没一个人听见，麦特逊屋里屋外的喊叫也无人听到，而波拉与马丁就在隔壁。你是经验丰富的人了，什么时候听说过半夜起来捉贼还要穿戴得齐齐整整的？内衣、衬衣、领子、领带、裤子、背心、外套、袜子、皮鞋都穿上了，还没忘了将头发梳好，再将怀表装好了。我想，这一整套装束就是在平常时候，也算得上过于讲究了。在这种情况下，他唯独将义齿忘记戴上了！"

莫奇警长双手交叉，放在胸前。他在思考。"是的！"他说，"这一切确实不利于结论的达成。我想，我们还得花时间调查去。我们得清楚了这个人为什么不等佣人醒来就起了床，穿戴整齐地来到小棚附近？谋杀发生的时间又是那样的早！而到十点左右时，尸体已经冰冷僵硬了。"

特伦特摇了摇头，说："最后一点，不足以支撑起我们的全盘推论。我同相关专家探讨过，过去关于尸僵的观点，弄不好会将无辜者送上绞刑架。我看斯托克大夫尸检时用的就是老一套。这一行的前辈们几乎都是这样干的。他会干出蠢事来的，我敢肯定。这就像太阳明天肯定会在东方升起一样。他会说，人死去很久了，因为尸僵很厉害了。他这是学生时代从书本上学来的知识。听着，警长，我跟你分享一些信息，它们会对你往后的工作大有好处。很多东西可以用来加快或推迟尸僵。这具尸体当时是躺在小棚背阳的草地上的，茂密的草上挂满了露珠。至于尸僵，如果麦特逊先生是在搏斗中受伤而死，或者是感情异常勃发而致死，这一现象就会马上发生。类似案例有十几起了。尤其是像他这样的致命伤在头部的。另外，尸僵并不总在死亡八到十小时后才开始的。警长，你总不能硬拽着尸体，不让它变冷发硬吧，尽管你会因为眼下缺少这份控制而生气。我们的推理能够开始的地方是，如果他是人们起床、开始工作后一小时被害的，那么，这一切会逃不过人们的眼睛和耳朵。我们必须假定，他是人们尚未醒转过来前被杀的，而非以后。我们暂且将这一时间定在早晨六点半。麦特逊先生是十一点睡的，一个半小时后马丁睡了。就算他一上床便入睡了，作案时间也有差不多六个小时。这就很长了。不过，案发时间的早晚，我想请你解释的是，麦特逊先生一向喜欢晚起，这次起床更衣的时间却在六点半以前。睡眠很浅的马丁、波拉，还有他的太太，都没能听到他走动和出门去的声音。他肯定是小心翼翼，像猫那样悄无声息地溜了出去的。莫奇，你难道不觉得这一切是那样的奇特，让人困惑吗？"

"确实如此！"警长赞同道。

"好吧。"特伦特说着，就站起身来了。"你再想想。我去卧室看看。或许，我在查找的时候，答案会突然从你脑子里迸发出来。不过，"特伦特在门口转过身来，用恼怒的声调说，"不论什么时候，你要是能告诉我一个衣冠整齐的男人怎么会忘了将义齿放回嘴里，你就把我当作疯子送到最近一家精神病院去好了。"

五　秘书

　　人的一生中，或许会有这样的时候，心里正想着什么，突然就有线索从意识里漂了出来。这样的情形无法言传，却是可以感觉的。顺藤摸瓜，好运气就会出现。

　　这种体验，想必人人都有。这不是遭遇挫折和打击时的那种疯狂的勇气，也非乐天派的那种没完没了的幻觉。那是一种自然而然地萌发的信念，犹如灌木丛中腾空而起的飞鸟。它就像将军一早起来，却突然觉得今天会大胜而归；也像绿色草地上的人们自信能一杆入洞。特伦特沿着图书室外面的楼梯向上走去时，也像是志在必得的感觉。

　　满腹的猜测和推断在脑海里纠缠不清，无头无尾。他私下观察过，虽然在心里认定了它们的必要性，却还是感觉跟案情分析不搭界。但就在上楼的这会儿，他似乎能更确切地感到，曙光就在前头了。

走廊里满铺着地毯，端头有一扇窗户，透着光亮。走廊两侧都是卧室。它贯穿了整幢房子，一直到最右端才拐入一条窄一些的通道。从那里出去，便是仆人的房间了。那里的门都敞开着。

马丁的房间显得有些特别，房门开在位于楼梯半截处的小平台上。特伦特经过它的时候，往里瞥了一眼。屋子是正方形的，干净又整洁。继续往楼上走时，他就更加小心了，免得弄出声响来。他用手扶着墙，每一步都走得小心翼翼。但是，楼道里仍然发出了一连串的"咯吱"声。

他知道，上到卧室这一层后，右手第一个门便是麦特逊先生的。一到那里，他就立刻走了过去。特伦特试了试门的把手和锁头，一切正常。他又检查了一番钥匙孔，然后，就走到屋里去了。

房间很小，陈设也少得出奇。从生活用品看上去，这个财阀的家居生活是再简朴不过了的。屋里的情形，跟早上由外面看过去的没有两样。床铺没有收拾，床单和毯子堆放在狭窄的木制床架上。由窗口透射进来的阳光，在那里明亮成一片。床旁边有一张普通的小桌。桌上放着一个玻璃碗。碗里的水不多，浸泡着一副精致的义齿，上面的镀金层在阳光下灿灿发光。桌上还放了一个铁制烛台。两把椅子上堆放着不太整洁的衣服。五斗橱上放了不少东西。看来，这里被当成梳妆台了。房间乱七八糟的样子似乎可以说明，主人总是匆匆忙忙的。

特伦特用质疑的目光审视着这一切。他还注意到，房间的主人既没有洗漱，也没有刮脸。他用手指碰了碰盛放义齿的碗，不自觉地皱起了眉头。人穿戴整齐地出门去了，却将义齿留在这里了。对此，他深为不解。

小房间显得空荡荡的，又十分凌乱，却是满室的阳光。这使特伦特顿觉毛骨悚然。他心里涌现出一幅图景：一个脸色憔悴的男人在晨光中默默地梳洗穿戴，目光不时瞟向妻子房间的里门，眼里充满了恐怖的神色。

特伦特不由得打了一个冷战。他又把思路集中到眼下的事务上来，打开了床两侧的高大壁橱。壁橱里摆放着各式衣服。其中，大部分显然是曾经睡在这里的人的便服，看上去很舒适。不过，他这样的东西并不多。

麦特逊先生的鞋子，倒是让他显露出了富豪的阔绰迹象。沿墙放着的两个长长的架子上，摆放着很多鞋，都擦得十分干净。特伦特喜欢研究皮鞋。现在，他用欣赏的目光，仔细端详起这些鞋子来。

看来，麦特逊先生对自己那双形状好看的小脚很是自豪。这些鞋的样子颇为别致，狭长的圆头，制作精美。显然，所有的鞋都是为他这一双脚量身定做的。

突然，他四处游移的目光定在了上层架子的一双漆皮鞋上。

警长已经跟他讲过这双鞋子的位置了。麦特逊死去的前一天晚上，穿的就是这双鞋。特伦特一眼就看出来了，这双鞋已经穿了不短时间了。它是最近刚刚擦过的。鞋面部分吸引了他的注意力。他弯下腰，皱着眉头端详着，并和旁边的鞋作了比较。接着，他拿起鞋，看了看鞋帮和鞋底的接缝处。

特伦特一边观察着，一边小声吹起口哨来了。莫奇警长要是在场的话，准能一下子辨出他吹的是什么曲目。

善于自我控制的人有时也会有些下意识的表现，让明眼人知道他正处于兴奋状态之中。警长曾经注意到，特伦特闻到一种强烈的香味时，就会轻轻吹出一段旋律来。不过，警长没能听出来他吹的是门德尔松 A 大调一首歌的前奏。

特伦特把鞋翻过来，用卷尺量了量，又将鞋的底部仔细看了个遍。每只鞋的鞋跟与鞋背的夹角处都有一溜淡淡的红砂的痕迹。

特伦特把鞋放在地上，用手撑着鞋，一直走到窗前，嘴里仍然吹着口哨，眼睛凝视前方。片刻之后，他的嘴唇机械地翕动了一下，迸出了几个含混的单词。那是英国人在悠然神会时的自说自话。最后，他又回到鞋架旁，迅速而仔细地检查了每一双鞋。

做完这一切以后，他拿起椅子上的衣服，仔细瞧了瞧，又放回原处。又一次来到壁橱旁，他认真地在里面翻腾了一遍。这时，梳妆台上的凌乱再次引起了他的注意。他坐到一把光秃的椅子上，手托着头颅，盯着地毯在看。几分钟之后，他站起身来，打开了通往麦特逊太太房间的隔门。

一眼就可以看出，这个大房间已经被匆匆忙忙地改头换面，不再是女主人的寝室了。梳妆台上的各种玩意儿已经一扫而空，床上、椅子和小桌上看不到衣服、帽子、提包或小盒子，抽屉里也没有留下什么手套、面纱、手绢和丝带之类的。这里就像是久无人用的客房。不过，家具和装饰品的每个细节，都显露出一种不落俗套而又一丝不苟的风格。

特伦特以他那专家的眼光注意到，房间的色彩和装饰堪称完美无缺。那位婚姻不幸的太太就是在这里做着自己的梦，沉浸在孤独的遐想中，庆幸自己起码还有一些艺术天赋。他对这位缺乏了解的人物更有兴趣了！可是，在这兴趣之上，却压着一个沉重的包袱；案情正在他忙乱的脑海中展现出最丰富、最复杂的内容。想到这些，他的眉头锁得更紧了。

特伦特首先走向门对面那位于整面墙壁中间的高大法式窗户。他把窗户打开了，来到窗外带铁栏杆的小阳台上。下面是一片宽阔的草坪，就从他脚下开始延伸开来，离住宅的墙体只隔着一个狭长的花坛。草坪尽头是一个斜坡，通向果园。另一扇飘窗打开在那里。它的下面，就是图书室通向花园的门。房间的另一角还有一扇小门，通向过道。女仆就从这儿进来；早晨的时候，女主人也会从这儿出去。

观察完了，他坐起身子，取出笔记本，作起记录来了。床两侧各有一张小桌子，上面铺着桌布。离门最远的地方，放着一盏铜制立灯，走的是明线。特伦特若有所思地看着它，又看了看屋里其他灯的制控开关。开关并无特别之处，都排列在门旁的一面墙上。坐在床上，他够不着开关。他便站起来，试了试所有的灯，一切正常。

他快步走到麦特逊先生的房间，拉了拉铃。

"我还想请你帮个忙，马丁。"当男仆立正站在门口时，特伦特说，"我想请你去说服麦特逊太太的女仆，和我谈一次话。"

"是的，先生。"马丁说。

"她是什么样的女人呢？有自己的见解吗？"

"她是法国人，先生。"马丁简洁地答道。停了停，他又说："她和我们处的时间不长。但既然您这样问我，据我看，她对与自己无关的事情从不过问。"

"那么，你觉得她是一个老实人喽。"特伦特说，"好吧，没关系。我想问她几个问题。"

"我马上叫她来，先生。"男仆走了。

特伦特背着手，在小房间里踱着步。没一会儿，一个穿黑衣服的小巧身躯无声无息地出现在他面前。

女主人的这个女仆，长着一双褐色的大眼睛。特伦特经过草坪时，她就看到他了，而且对他产生了好感，还在心里盼望这个解谜能手（他的名声在这里也很大）会把自己叫去。她想借此特别显示一下自己，神经也随之紧张起来。但她的表演被住宅中的其他人遮住了，打了很大折扣。莫奇警长又是一副公事公办的样子，冷冰冰的，把她的兴奋劲儿吓了回去。她瞟了一眼特伦特，心里就已经明白了。他并没有警察的那副派头，看上去还很有同情心的。

不过，她一走进屋子，本能就告诉她：一见面就调情是一个错误；她得首先博取他的好感。她拿出一副厚道直爽的样子，说："先生想和我谈话吧。"接着，又补充道，"我叫塞芮斯。"

"很好。"特伦特不动声色地说，"塞芮斯，我想请你告诉我的是，昨天早晨七点，你给女主人端茶来的时候，两间卧室中间的门——就是这扇门——是开着的吧？"

塞芮斯一下子来了精神。"是的，先生！"她用自己喜欢的这句英国话答道，"门像往常一样开着，我也像往常一样把它关上了。但是，有一点需要解释。你知道，当我从那边的那扇门走进太太房间时——啊，您要是费心去一下太太的房间，就会明白了。"

她轻轻走过来，用手拉住特伦特的胳膊，一起来到大卧室。"你看！我这样端着茶走进房间，往床边走了过去。门就在我右手这边，它总是开着的。您能知道，我看不见麦特逊先生屋里的情形。门打开的时候，是正对着床的。我从这边过来，门没有对着我。关门时我没往里看。这是规矩。昨天我也是这样做的，没有往那间屋里看。太太睡觉时像一个天使——她什么也没有看到。进去后，我把门关上了。我放好茶盘，打开窗帘，准备好洗漱用具，然后就离开了——完啦！"塞芮斯喘了一口气，摊开双手。

特伦特认真地看着她的动作和手势，点了点头，说："现在，我准确地知道了当时的情况。谢谢你，塞芮斯。这么说，女主人起床更衣、在房间里用早餐时，麦特逊先生还应该在他的房间里？"

"是的，先生。"

"实际上，谁都没有惦记着他。"特伦特说，"好了，塞芮斯，我很感谢你。"

他又打开了通向小卧室的门。

"这没有什么，先生。"塞芮斯一边说着，一边向小卧室走去。"我希望您能抓住谋害麦特逊先生的凶手。但是，我并不为他感到难过。"她把手放在门把手上，突然愤愤地说。

她的牙齿咬得咯咯响，那张发黑的小脸涨得通红。她也顾不上讲英语了。"我一点儿也不难过，一点儿也不！"她用法语一连气地说，"太太——啊！我非常喜欢太太——一个迷人的女人，值得尊敬的女人！可是，一个像先生那样的男人——阴沉、冷淡，动不动就发脾气！啊，不——绝不！世界上怎么会有这样的人？真让人受不了，真的！我敢跟您保证——"

"塞芮斯，别这么喊叫！"特伦特厉声说道。

塞芮斯的慷慨陈词，使他想起了自己的学生时代。"这是谩骂！你知道，这是令人厌恶的！冷静点，小姐！休息一下，相信我！别闹了，理智些吧！如果楼下的警长听见你这么说，你就麻烦了。别那么挥舞拳头，会碰掉东西的。"

塞芮斯在他威严的目光下平静下来。

他语气平和了。"看来，你比其他人更高兴麦特逊先生被人除掉。塞芮斯，我猜，麦特逊先生没有给予你应得的重视吧。"

"我自己也不配！"塞芮斯直截了当地说。

"啊，这就足够了！"特伦特说，"我看，你在小型茶会上算不上美貌女子。你生来就命不好，天国中那颗炽热、安宁的红星星从没有垂青于你。小姐，我很忙。再会吧！其实，你是一个美人！"

塞芮斯怎么也没想到会受到这样的恭维，惊讶使她恢复了常态。她对特伦特眨了眨眼睛，打开门，旋风般地消失了。

特伦特独自留在卧室里。塞芮斯在谈话中使用的形容词很使他惊讶，但现在，他还是想把注意力集中到自己的难题上。他拿起那双仔细检查过的鞋，放到一把椅子上。然后，他坐到了对面的椅子上，手插在衣兜里，凝视着这两个无言的见证人。他不时吹几下口哨，但声音小得几乎听不见。屋子里很安静。窗外的树上传来小鸟的鸣叫，微风吹拂着附在窗台上的藤萝叶子哗哗作响。他却一动不动，沉着脸，陷入了沉思。

半小时过去了。他慢慢地站起身来，小心地把鞋放回架子上。然后，他来到了楼梯中间的小平台上。

走廊的另一侧有两间卧室。他打开对面房间的门。这间卧室很乱，一个角落里竖着一些木棒和渔具，另一个角落则堆着一摞书。显然，打扫房间的女佣人没有把更衣台和壁炉上面乱七八糟的玩意儿收拾整齐——烟斗、铅笔刀、铅笔、钥匙、高尔夫球、信件、照片、小盒子、罐头盒、瓶子等，到处都是。墙上挂着两幅精致的蚀刻画和一些水彩画；壁橱旁边靠着几幅已经装好框架的雕版画，还没有挂起来。窗户下面放了一排皮鞋和靴子。特伦特穿过屋子，仔细地看了一遍。然后，他一边轻轻吹着口哨，一边用卷尺量了量几样东西。干完这些活儿后，他在床边坐下，扫视着屋子里的一切。

壁炉架上的照片吸引了他的注意。他走过去看了看。一张是马罗和麦特逊先生骑马的照片，还有两张是阿尔卑斯山顶峰有名的景色。有一张照片已经开始褪色了。照片上面是三个年轻人，都穿着十六世纪士兵的破烂军服。另一张照片上面是一个仪表雍容的老妇人，有些像马罗。特伦特下意识地从壁炉架上的小盒里取出一根香烟来，并把它点燃了，目光却始终停留在这些照片上。接着，他的目光又落在烟盒旁边一个皮面的扁平盒子上。

盒子很轻易就被他打开了。里面是一支又小又轻的左轮枪，做工精美，还有十几个空弹壳。枪上刻着"杰克"的字样。

特伦特打开枪膛，仔细看了看枪管。

这时，楼梯上传来了脚步声，莫奇警长在门口出现了。"我刚才还在想——"他忽然停住话头，看着特伦特正在摆弄的东西，那双机敏的眼睛也睁大了。"特伦特先生，这是谁的左轮手枪？"他用平淡的语调问。

"显然是这房间主人的。"特伦特指了指枪上刻的字样，也用平淡的语调说，"我是在壁炉上发现它的。看来，这支小枪很好使，而且最后一次使用之后精心擦过了。不过，我对武器所知甚少。"

"对它，我可是深有研究的。"警长平静地说着，从特伦特伸出的手中接过枪来。"特伦特先生，我想你是知道的，我在武器方面有些专长。不过，这一领域用不着什么专家。"

他把手枪放回盒子里，又拿出一个空弹壳，放在宽大的手掌中。接着，他从背心口袋里取出一个小东西，放在弹壳旁边。那是一个铅制子弹头，顶端有些磨损了，两侧有一些新的痕迹。

"这就是那粒子弹吗？"特伦特一边仔细看着，一边小声地问道。

"正是。"莫奇先生答道，"是在后面的头骨里找到的。一小时前，斯托克先生把它取出来，交给了当地警官，刚刚送到我这儿。上面这些新的痕迹是医生的器具造成的。这些旧的痕迹则是枪膛里的来福线留下的——就是这样的枪。"他拍了拍那支左轮手枪。外观一样，口径一样。其他枪是留不下这种痕迹的。

枪盒摆在两人中间。特伦特和警长相互凝视了好一会儿，最后，还是特伦特抢先开口说话。

"这是一个谜，全都不对头！"他说，"这明显地不合逻辑。看一下目前的情况吧！麦特逊先生派马罗乘汽车去南安普敦了，或者说马罗出去了，昨天晚上才回来。那时，罪案已经发生了很长时间。这一点没有问题吧。"

"无论如何，这一点不成问题。"莫奇先生略微加重了语气，说。

"而现在，"特伦特接着说，"我们发现了这支擦得锃亮的手枪。这就可以得出如下假设：马罗根本没有去南安普敦！那天晚上，他出发之后很快又回来了，想办法使麦特逊先生起了床，还穿好了衣服，走到了外面。而且，他还没有惊动麦特逊太太和其他人。然后，他就用这支手枪打死了麦特逊先生，又精心地把枪擦拭干净了，还神不知鬼不觉地将枪放到了房间里易于发现的地方。做完这一切之后，他就走了，一整天没露面——一起隐匿的还有那辆大型轿车。最后，他装出一无所知的样子出现在大家面前。那是在——几点钟？"

"九点多一点。"警长说，"特伦特先生，这是基于这个发现的第一个假设。实在有些不着边际——甚至从一开始就有问题。谋杀发生的时候，马罗肯定在五十至一百英里以外。他的确去了南安普敦。"

"你是怎么知道的？"

"昨天晚上我问过他，记下了他的话。他是星期一早上六点三十分到达南安普敦的。"

"算了吧！"特伦特没好气地说，"我会相信他的话吗？你会相信他的话吗？我要知道的是，你是怎么知道他去过南安普敦的。"

莫奇先生格格地笑了起来。"我本以为可以对你留一手呢，特伦特先生。好吧，告诉你也没有关系。昨天晚上我赶到这儿，麦特逊太太和佣人们就对情况做了大致介绍。听过后，我马上就去邮局给南安普敦的警察局发了电报。麦特逊先生临睡时对妻子说，他已经改变主意，要派马罗在南安普敦等一个人带来的重要消息。那人会在第二天坐船抵达。案情到这儿，像是合情合理了。只有马罗是这个住宅中我唯一没有掌握情况的人，他直到晚上才乘车回来。所以，我没有细想，就往南安普敦拍了电报，询问了相关情况。今天一早，答复就来了。"

他拿出一卷电报纸，递给特伦特。

> 您说的乘坐汽车的人今晨六时三十分抵达贝德夫旅馆，自称马罗。他将汽车留在旅馆车库，告诉招待员说，汽车是麦特逊先生的。然后，他就开始洗澡，用早餐。据悉，他后来去了码头，打听了一个叫哈利斯的人。此人会坐"哈佛尔号"轮船前来。他多番询问，直至轮船离港。大约十一点一刻，他在旅馆吃的午餐。之后，便与汽车公司人员外出。经查得知，哈利斯是上周订的票，但未登船。
>
> 伯克警长

特伦特将电报看了两遍，然后递还给莫奇。

"简单明了吧。"莫奇先生说，"他自己所说跟电报在每个细节上都很吻合。他说，他在码头上等了半小时，希望哈利斯是下船晚了。接着，他就回旅馆吃午饭，打算吃了就赶回码头去再试试。他给麦特逊先生打来电报说，'哈利斯未到。误船。返回。马罗'。这封电报是下午送到的，放在死者的信件堆里。他车开得很快，到达时人已经精疲力尽了。听马丁说麦特逊先生死了，他差一点儿昏了过去。他如此疲劳，又很长时间不曾睡觉了，我昨天晚上找到他时，他就像瘫了一样。但是，他的讲述前后一致，不见明显的漏洞。"

特伦特拿起手枪，漫不经心地拨弄着转轮。"马罗这样不小心，就将手枪和弹壳放在这里了！这对麦特逊先生真不是什么好事！"最后，他又把枪放回盒子里。"这是想转移目标。你看，不是吗?"

莫奇先生摇了摇头。"其实，从这支枪上，我们得不着什么线索。这种样式的左轮手枪在英国非常普通，是从美国引进的。如今，人们买枪不是为了自卫，就是为了捣乱。有一半的人都想买这一样式和口径的枪。它安全性能好，随便就能放在裤兜里。拥有这种枪支的无赖和好人，肯定是成千上万哩。比方说吧，"警长漫不经心地说，"麦特逊先生自己就有一支，和这支是一对。我是在楼下办公桌的上层抽屉里发现的。它现在就在我的外衣口袋里。"

"啊哈！这么说，你原本是想留一手了。"

"是啊！"警长说，"不过，既然你已经找到一把了，就不妨看看另一把吧。正如我所说，这两把枪对我们毫无用处。房子里的人——"

卧室半开半合的门被慢慢推开了，一个人站在了门口。这把他俩给吓了一跳。警长马上停住话头。那人的目光从盒子里的手枪移到特伦特和警长的脸上。他们也将目光不约而同地落在他那细长的脚上。他穿的是胶底网球鞋。

"你一定就是波拉先生了！"特伦特说。

六　波拉先生

"卡尔文·波拉听您吩咐!"那个人从嘴边拿开没有点燃的雪茄烟，彬彬有礼地说。

他已经习惯于英国人初次见面的那种迂回、婉转的风度，特伦特的单刀直入，让他感觉很不自在。"我想，您是特伦特先生吧。"

他接下来说道："麦特逊太太刚才跟我说了。早上好，长官!"

莫奇先生对他点了点头。

"我正打算去自己的房间，听见这儿有声音，就过来看一看。"波拉先生轻松地笑了笑。"也许，您以为我这是在偷听。不是的，先生。我只是听见你们谈到一支手枪——我猜，就是这一支吧。"

波拉先生年纪不大，个头稍矮，偏瘦，长着一张姑娘似的窄小的脸。脸刮得很干净，有些苍白，颧骨突出。他一双黑色的大眼睛透着机敏，梳着整齐的中分发型。他经常在嘴里叼着一支雪茄。不抽雪茄的时候，他的嘴总是半张着，一副热情急切的奇特表情。当他抽着或是嚼着雪茄时，这种表情就不见了，而是一副典型的冷静、精明的美国派头。

他生于康涅狄格州，大学毕业后在一家商行工作。因为生意的关系，与麦特逊先生交道打得频繁，引起了麦特逊先生的注意。这个"巨人"观察了他一段时间之后，最后决定雇用他为私人秘书。

波拉先生是典型的商人，富有远见，做事细致可靠，头脑灵活。麦特逊知道，具有这些优点的人不在少数，但他还是看中了波拉先生。因为他还有迅速敏捷、守口如瓶的特点，而且对股票市场的行情及瞬息万变有着天生的敏感。

特伦特和这个美国人之间，相互有一番打量，彼此都产生了好感。

"我已经得到解释了。"特伦特高兴地说，"我本以为这就是用来打死麦特逊先生的那支枪。现在看来，未必如此。据说，你们这儿的人很喜欢这种枪，它已经很流行了？"

波拉先生伸出他瘦骨嶙峋的手，将手枪从盒子里取了出来。"是的，先生。"他一边熟悉地摆弄着手枪，一边说，"长官说的对。我们把这种枪叫'小阿瑟'。我敢说，眼下好几万人的裤兜里都揣着一把呢。这种枪对我来说，太轻了！"

波拉先生说着，从衣服的后襟下摸出一支样子相当难看的手枪。"特伦特先生，掂掂这支——顺便说一下，枪里装了子弹了。再掂掂这支小阿瑟——这是今年来这儿之前马罗刚买的，为了让老头子高兴。麦特逊先生说，二十世纪的男人，身上不带枪是很荒唐的。马罗就去买了。人家跟他推荐了这支枪——他从没问过我。不过，这枪还可以。"

波拉先生侧目看了看窗外。"马罗起初使不好。我上个月教他了。他练了练，现在使得不错了。马罗没有随身携带它的习惯。对我来说，我要随身带着枪，就像总要穿着裤子一样自然。我随身带枪的习惯已经有几年了，因为总有人想要打麦特逊先生的主意。可是，"波拉先生难过地说，"他遭袭击时，我没有在场。啊，先生们，实在抱歉！我要去主教桥了。这些天有很多事情要办，要发很多电报，多得足够噎死一头牛了。"

"我也得走了。"特伦特说，"我在'三碗餐馆'有一个约会。"

"我开车送您去吧！"波拉先生殷勤地说，"我正好路过那儿。长官，你也往这个方向去吗？不去？那么，特伦特先生，跟我来吧！帮我把车子开出来。司机不干了！除了擦车以外，其他的事都要我们自己干。"

波拉先生一边不知疲倦地唠叨着，一边带着特伦特走下楼梯去。他们穿过大厅，来到后面的车库。车库与住宅隔开一小段距离，在背阴处。

波拉先生似乎并不急于把汽车开出来。他递给特伦特一支雪茄后，就把自己的雪茄点燃了。接着，他坐到车子的踏脚板上，一双瘦手放在两条腿中间，热情地望着特伦特。

"特伦特先生，"过了一会儿，他说，"我可以告诉您一些情况！它们也许能有用。我了解您的经历。您很精明，我喜欢和精明人打交道。我不知道自己对那个侦探的看法对不对。不过，他给我的印象是一个笨蛋。我愿意回答他提出的任何问题——其实，我已经这样做了——只是没有热情去主动找他谈话。您明白吗？"

特伦特听后，点了点头。"在警察面前，很多人都有这种感觉。我想，这是由于警察官气十足吧。不过，我想告诉你，莫奇可不像你想的那样。他是全欧洲最精明的警官。他脑子不快，但是很稳重，经验十分丰富。我的长处在于想象力。在警察局，起作用的主要还是经验。"

"有个屁用！"波拉先生不客气地说，"特伦特先生，这个案子可是非同一般啊！我会告诉您，这是为什么。我相信，老头子知道自己要出什么事。而且，他觉得这是躲不开的。"

特伦特拉过来一个木箱，在波拉先生对面坐下。"这听起来像是大有文章呀！"他说，"告诉我你的看法吧。"

"我之所以这么说，是因为最近几周里，老头子的态度有了很大转变。特伦特先生，我想，您一定听说了，他总是能很好地控制自己的情绪。的确是这样。我一直认为，他是生意场上最冷静、最强硬的人物。他的冷静是无懈可击的——我从未见过什么事情能让他失态。我对麦特逊先生的了解胜过任何人，因为我和他做的工作正是他生活的目标。我想，我比他的妻子还了解他。那个女人真可怜！我对麦特逊先生的了解也胜过了马罗——他从没见过麦特逊先生在办公室处理事务的样子。他的朋友们也不如我了解他。"

"他有朋友吗？"特伦特插话道。

波拉先生用锐利的目光瞟了他一眼。"我想，您已经知道了！"他说，"确切地说，他没有朋友。他与很多名人、显要都相熟。他们几乎每天见面，还一起乘游艇出海或者外出打猎。但依我看来，麦特逊先生从没对任何人敞开过心扉。我要说的是，几个月以前，老头子开始变了。以前从没有这样过——他变得忧郁沉闷，好像总在为什么事情愁心，像是遇到了什么无法解决的难题。这种情形一直在持续。不管是在城里，还是回到家中，他都显得心事重重。尽管如此，他的自制力失控却是几个星期以前的事。我告诉您，特伦特先生——"

这个美国人把自己一只瘦手放到了特伦特腿上。"我是唯一的知情人。对于其他人来说，他是那么的沉闷、乏味。他独自在办公室，或者我们一起在什么地方办事的时候，只要有一丁点儿小事不对劲，天啊，他都会大发雷霆。在图书室里，我看见他打开一封信。信里的一些话只是有些不中听，他就破口大骂，像一个土著似的。他说，要把写信的人抓到这儿来，而且绝不理睬他，还有别的话。他一直骂着，都让人觉得他实在有些可怜了。这样的变化在他，是绝无仅有的。还有一件事。麦特逊先生死去前一个星期里，根本不去管他的什么生意了。这在我的经历中，也是头一次见到。尽管事情不处理就会乱成一团，但所有的信函和电报他都不予理睬。这种焦虑不知是为了什么，但是，他的神经慢慢地支持不住了。有一次，我建议他去看看医生，却遭了他一顿臭骂，他咒我下地狱。除了我之外，谁也不知道他的这一情形。譬如，他刚刚还在暴跳如雷，要是麦特逊太太来了，他马上就会变得平静和冷淡了。"

"你认为这是某种隐秘的焦虑，是害怕有人图谋杀害他吗?"特伦特问道。

美国人点了点头。

"我看，"特伦特说，"你曾经以为，是他的思维出了毛病，比方说，是他由于过度紧张而精神崩溃了。你的话，最先给了我这样一个印象。况且，美国的大商人不是总发生这样的事吗？这是我从报纸上得来的说法。"

"可别让报纸引导你了。"波拉先生诚恳地说，"只是那些暴发户穷于应对，才会变得不正常。那些真正的大人物——也就是和麦特逊先生差不多的人——您听说过他们有什么失态吗？他们不会这样的。这一点，请您相信我。我知道，都说人人都有弱点，"波拉想了想，又补充道，"但这不是指那种十足的疯狂，只是说每个人都有自己的怪癖……比方说，讨厌猫……我的弱点是不能吃任何用鱼做的菜。"

"那么，麦特逊的弱点是什么呢？"

"这个老头子的弱点可多了。他讨厌不必要的吹毛求疵和奢侈，而有钱人一般是很在乎的。他没有什么贵重的小玩意儿和装饰品。他不愿意别人为小事浪费时间，讨厌佣人没事围着他转。尽管他和我认识的其他人一样，对衣服很讲究，还有他的鞋——先生，他在鞋上花的钱真是造孽！但他从没雇过贴身男仆。他不喜欢别人接近他。他的生活从不要别人插手。"

"这我听说过一些。"特伦特说，"你认为是什么原因呢？"

"噢，"波拉先生缓慢地答道，"我想，是因为他的思维习惯吧！他疑心重，嫉妒心强。有人说，他的父亲和祖父是一丘之貉……就像是叼着骨头的狗，以为所有东西都能在偶然之中偷来。他倒没有觉得理发师会割去他的脑袋，只是觉得有丢脑袋的可能性，便不愿意去冒这个险。在商业事务中，他总认为有人在打他的主意——不少时候，的确是这样，但并不总是这样。结果是，老头子成了金融界最小心、最隐秘的人物。这与他的成功也有很大关系……可是，特伦特先生，这些不至于让他走向崩溃。您问我，麦特逊先生出事以前是不是精神失常了。我看，他只是由于担心什么事，弄得精神支持不住了。"

特伦特抽着烟，思索着。他想知道波拉先生对主人的家庭生活了解有多少，便决定试探一下。"据我了解，他和妻子之间有矛盾！"

"的确。"波拉先生答道，"但您觉得，这样的事情就会使麦特逊烦躁不安吗？不会的，先生！他是一个眼界开阔的人，是不会被这样的烦恼压垮的。"

特伦特有些不信地看着这个年轻人的眼睛。在那精明和热情的后面，他看到了纯真无邪。波拉先生的确认为，夫妻之间的严重裂痕，对一个大人物来说，算不上什么。

"那么，他们之间到底有什么矛盾呢？"特伦特问道。

"您算是问着了。"波拉先生一边吸着雪茄，一边答道，"我和马罗经常谈及此事，可是没有得出答案。开始我以为，"波拉先生把身子向前倾了倾，压低声音说，"老头子是想要孩子而不成，因此失望了，苦恼了。马罗对我的说法不以为然。他说，失望的不是他。我想，他说的对。他的信息是从麦特逊太太的法国女仆那儿听来的。"

特伦特猛地抬头，看了他一眼。"是塞芮斯！"他说。同时，在心里暗想，原来这就是她的看法啊！

波拉先生误解了他的神情。"特伦特先生，您别以为我是在揭别人的隐私。"他说，"马罗不是那种人。塞芮斯只是喜欢马罗。因为他讲法语就跟法国人似的，塞芮斯总爱拉住他聊天。从这一点上讲，法国佣人和英国佣人很不一样。不管她是不是佣人，"波拉先生加重语气说，"在我看来，女人跟男人说这种事总是不妥的。不过，也许法国人有法国人的习惯。"

"回到你刚才的话题吧！"特伦特说，"你认为，麦特逊感到恐惧已经有一段时间了。那么，是谁在威胁他呢？对此，我一无所知。"

"恐惧——我不知道。"波拉先生沉思道，"您是说焦虑吧。或者，是不安——这个词更确切一点儿。老头子是很难被吓倒的；而且，他从不采取什么预防措施——他只是想避开危险。看上去，他像是想求得尽快了结——如果我判断准确的话。怎么不是呢！到了晚上，他就坐在图书室里，望着夜空发呆。那件白衬衣便成了很好的靶子呀。至于是谁在威胁他的性命——啊，先生！"

波拉先生微微一笑，接下去说道："您没有在美国生活过。以宾夕法尼亚煤矿为例吧。那儿有三万矿工，都有老婆、孩子要供养。他们不得不忍饥挨饿，还得向矿主低声下气。这样的人群都有可能铤而走险，在矿主身上扎上一个窟窿什么的。特伦特先生，在一个国家里，生活在这种状态之中的人竟有三万之众。这些不惜命的人会跟踪一个人好多年，最后杀死他。而那些矿主，这个时候，早已将以前做下的一切忘了个一干二净。他十年前在新泽西州做了什么对不住他们的事，他们十年后还会在爱达荷州找机会炸死他！您觉得大西洋就能将他们拦阻得了吗？告诉您吧，在我们国家，大商人往往都是命悬一线呢！老头子知道——他一直知道——

美国各地有许多危险人物想干掉他。我想他了解到了，有的人终于查到他的行踪了。我奇怪的是，他为什么对他们毫无顾忌——他为什么从不躲一躲，却要在昨天晚上跑到花园去挨枪子儿？"波拉先生不说了。

两人皱着眉头坐在那里，两缕淡淡的蓝烟从各自的雪茄上冒出来。

过了一会儿，特伦特站起身来。"你的话对我很有启发，"他说，"很有道理。唯一的问题是，是不是都能找到证据。波拉先生，我不会放弃为报纸进行的这项工作。不过，我要说，我已经很满意地得出结论了。这个罪行是预谋好的！罪犯是非常狡猾的人！我十分感谢你，咱们以后还得再谈谈。"

他看了看表，"我的朋友在等我了。咱们现在走吗？"

"两点了。"波拉先生看了看自己的表，一边从踏脚板上站起来，一边说道，"纽约是上午十点。特伦特先生，您不了解华尔街。这个时候，再也没有比那里更像地狱了。"

七　神秘的黑衣女子

　　海水在微风的吹拂下拍打着岸边的石壁，太阳给蔚蓝色的天空洒下一片生机。这是英国的黄金天气。特伦特一宿都没睡好。八点不到，他就来到乱石丛中的一个水潭旁，一跃潜入清澈的水中。他在灰色的巨石间穿行，游到一片开阔的水域，逆流而上，感到周身舒畅。十分钟以后，他又向海边的峭壁爬去。案子的沉重负担这会儿好像已经解脱了，他开始计划上午要做的事情。

　　这是他接触案件的第二天。接下来一整天，都得用来调查了。昨天，他与那个美国人在通往主教桥的路上分手以后，再没有什么大的进展。下午，他由卡普尔先生陪同，从餐馆来到城里。他在药房买了几样东西；与一个摄影师闲聊了一会儿；发了一份要求回复的电报；又在电话交换台做了一些调查。

关于案件的进展，他跟卡普尔先生说的不多。卡普尔先生对此似乎也不感兴趣，既没有问他调查的结果，也没有问他以后要采取的步骤。他们回到主教桥以后，特伦特给《纪录报》写了一个长篇报道，交给该报驻当地的盛气凌人的代理人发了出去。晚饭他还是跟卡普尔先生一道吃的，然后独自在阳台上思索。

今天早晨，他一边爬山一边暗想，从没有过这样烦人的案件，而案情却又是如此地吸引人。在新的一天的金色阳光中，他想得越深入，案子就显得越丑恶，越富有挑战性。他所怀疑和了解的情况将脑子占得满满的，令他难以入睡。尽管现在阳光明媚，空气清新，自己又在清澈的水中放松了身体和精神，但他看到的只是罪行的黑暗和他推断而得的可憎的作案动机。不过，他的热情已经重新焕发起来了，感觉也变得敏锐了。他不想懒散松懈，也无须内疚。他希望今天能梳理出一个头绪来。早晨，他要做一些事，还得等昨天发出的电报的回复，尽管他拿不准会不会有回复。

回旅馆的路弯弯曲曲，从崖顶上经过。落潮时，他看中了崖上的一个地方。现在，他一边向那里走去，一边朝下观望，希望能看到海水掠过礁石激出的美丽波澜。但是，下面没有礁石。往下几英尺的地方伸出一块巨石，足有一间屋子大小。上面长着青草，而且三面隆起。在笔直峭拔的崖边，坐着一个女人。她双手抱膝，凝视着远方轮船升起的烟雾，脸上的神情如梦如幻。

一切东西通过视觉，都可以引起丰富的联想。特伦特就有这样的体验。在他看来，这个女子构成了一幅他从未见过的图景。她的脸透着南方人的白色，两颊在海风的吹拂下有些微红。脸型小巧端正，却毫无生硬的感觉。两道黑眉垂向中间，似有几分严厉。嘴唇却呈弧形，奇特地将眉毛的效果做了修正和消减。

特伦特暗想，有人为情人的眉毛写了十四行诗，不管是不是荒唐，终究还是因为眉毛出色。她的鼻子笔直精巧，长短恰到好处，让人禁不住要去羡慕那翘起的鼻尖。帽子就放在身边的草地上，微风抚弄着她的头发，飘散出无数小花。这个女子从脚下的鞋到扔在一旁的帽子，都是黑色的——她的穿着华美大方。

她神情邈远，姿态婀娜。可以明显地看出，这位女子自幼生活富足，饱受熏陶。看上去，她对自己的卓绝体态有所知晓。此时的她抱膝而坐，曲线分明。服装是法国样式，坐在那里很是摩登。她的脸上透着在一年最佳时节集阳光、大海、柔风之精华于一身的生机盎然的光彩和自豪。这样纯洁、活泼、自信的女性，在英国甚为罕见，在美国则更是少了。

见到这个黑衣女子，特伦特惊讶之下脚步稍事停留。接着，他走过了她上边的崖顶，同时看到和感到了这一切。他那敏锐的观察力和积极的思维，总是在轻松而敏捷地捕捉着、回味着各种细节。

这种敏捷是反应迟钝的人达不到的。按他所说，凝视时其实是视而不见的。现在，他的美感被唤起，被激励。这使他的敏锐陡然增强了一倍。此时的这幅图景，是永远地留在他的记忆中了。

他悄无声息地在草地上漫步。这时，陷入沉思的女子突然活动起来。她从膝边移开双手，舒展了一下四肢。她缓缓地扬起头，举起胳膊，优美地直了直腰，好像是在领略寓于清晨中的全部荣耀和智慧。这姿势决不会造成其他误解！它标志着自由，标志着灵魂作出了决定。也许，还有她对自己决定的欣赏。

特伦特只是经过她身旁时看了她一下，并没有转身仔细打量。他突然意识到了这个女人是谁了。顿时，头顶明朗的天空仿佛立刻蒙上了一层阴影。

早餐时，卡普尔先生发现特伦特不怎么想说话，便以为这是他夜里没有睡好的缘故。不同的是，卡普尔先生显得活跃多了。验尸的前景似乎使他非常兴奋。他兴致勃勃地给特伦特讲了曾经繁忙一时的验尸法庭的十分古老的历史；讲了它的审判程序可以不受规定和先例的限制；他还谈到了以前发生的事情。

"昨天我来吃晚餐时，"他说，"波拉对我谈了他对案情的一些假设。特伦特，这个年轻人很不简单啊！他的话偶尔也含义模糊，不过据我看，他对世界有清醒的认识。这在他这种年纪，是很少见的。其实，麦特逊先生把他提升为副手这件事，便足以说明问题。据他说，他已经很有把握地抓住了主人死后商业局势复杂化的根本，还提出了很有水平的建议。他提议我为梅布尔采取什么措施，以及在遗嘱生效之前她应该采取的最佳态度。因此，当他提到实业界内部的相互倾轧虽然有些牵强，但我对他也不那么排斥了。见我还有疑问，他就跟我讲了一些案例。说某些人由于激怒了势力强大的劳工组织而受到袭击；而且袭击往往都成功了。亲爱的伙计，咱们是生活在一个可怕的时代啊！一个社会的物质和道德比例失调，就会导致对整个结构的威胁。这些是正史不屑记载的。不过，依我看，哪里也比不上美国的黑暗！"

"我还以为，"特伦特无精打采地说，"清教主义和赚钱热是一样疯狂的呢。"

"你说的其实还算不上清教主义。"卡普尔先生用近乎打趣的口气答道，"'清教主义'这个词只是说来顺口，并不准确。我用不着提醒你吧！它是用于形容英国国教的一个宗派的。这个宗派的目的是清除教堂礼仪和供奉中相互矛盾的地方。不过，你说的并没错。麦特逊本人就恰恰说明了这一点。他这个人简朴、节欲、有涵养。不，特伦特，在我说过的道德中，还有其他一些更有价值的东西。在我们有限的生命中，我们被科学赋予的外在的东西占有得越多，关注人生内在的神圣目的的热情就越少。农业机械已经挤掉了庆祝收获的酒宴，机械化旅行工具已经挤掉了小旅店和里面的可贵之物。我不必再举例了。"卡普尔一边说着，一边慢慢地在烤面包片上涂着黄油。"很多人都像我一样，在思考着生活的深一层意义。我跟你说的这个观点，正是他们的根本性错误。不过，我对它的真实性是确信不疑的。"

"这就需要用警句的形式来表达啦！"特伦特说着，从桌旁站起来。"但愿它能够概括成什么信手拈来的惯例，像'取消教皇制度'、'对外国人要征税'，等等。你可以找出很多呢。不过我想，你在验尸之前打算去白房子一趟吧。你得动身了！不然，就无法按时赶到法庭了。我也要去那儿有点儿事。咱们可以一起走。我去取一下照相机。"

"好吧。"卡普尔先生答道。

天气越来越热了。他俩一起出发了。

白房子的屋顶是暗红色的，背后是阴沉沉的树丛。这沉郁的风格与特伦特的情绪倒是显得非常协调。

他心情沉重，很是不安。今天早晨，他见到了那个美妙和生机盎然的女子。如果打击注定要落到她的头上，他盼望这不会是出自他之手。特伦特从开始接受母亲的教诲起，就养成了一种骑士心理。现在，要伤害这么可爱的生灵，不管是作为艺术家还是绅士，他都是难于下手的。

可是，这场调查难道就这样不了了之吗？这个案件的性质已然决定，他是不能视而不见的。这种事还从未发生过；而且他相信，只有他，才能探明案情的真相。至少在今天，他就可以证明自己的看法是不是胡思乱想了。他要把内疚之情踩到脚下，直到自己有把握、确实需要时再搬出来。

一进大门，他们就看见，马罗和那个美国人正站在前门交谈。门柱的阴影里站着那个黑衣女子。

一看到他们，她神色凝重地穿过草坪，走向前来。姿态就和特伦特想象的一模一样，端庄、平稳、步履轻盈。听到卡普尔先生的介绍后，她向特伦特表示欢迎，金色的眼睛里充满了柔情。她面色苍白，神情沮丧，全无她在峭壁上的那种风采。

她语调低沉平缓。与卡普尔先生交谈几句后，又把目光转向了特伦特。

"我希望你能成功！"她热情地说，"你觉得会成功吗？"

她的话刚一出口，特伦特就在心里打定了主意。他说："我想，会成功的，麦特逊太太。调查结束后，我会来见您，会把一切都告诉您的。在事情的真相发表之前，我有必要请教您一下。"

她看来像是有些不解，眼中闪过一丝愁情。"如果有必要，你当然可以来。"她说。

特伦特还要开口，但又踌躇了。他想，这个太太不会乐意把已经告诉警长的话再对自己说一遍了。也许，她根本不打算接受提问。他并非没有意识到，自己其实是想多听一会儿她的声音，多看她几眼。但是，不得不提起的事情又实在让他为难。那些事情，很可能她一下子便能解释清楚，而其他人都办不到。他下定了决心。

"十分感谢您，"他说，"允许我来到这座房子，并提供一切便利让我研究案情。我想冒昧问您一个问题——我想，这问题不会使您为难的——可以吗？"

她不耐烦地看了特伦特一眼。"我要是拒绝可就太傻了。请问吧，特伦特先生。"

"只有一点，"特伦特急忙说，"我们了解到，您的丈夫最近从伦敦的银行里取出很大一笔现金，存放在这儿了。实际上，这笔钱现在就在这里。您知道他为什么要这样做吗？"

她吃惊地睁大了眼睛。"真想不到！"她说，"我不知道他取过现金啊！这事情很让我吃惊呢！"

"为什么吃惊呢？"

"我以为我丈夫在家里没什么现金了。星期日晚上，他坐车出去以前到会客室找我。那时，我正在那儿坐着。他好像为了什么事情正烦心着，劈头就问我有没有现钞借给他，说第二天就还我。我听了一惊，因为他从没有缺过钱，钱包里会总是放着一百多镑的现钞。我打开写字台，把身边的钱都给了他，将近三十镑吧。"

"他没有告诉您，他为什么要这笔钱吗？"

"没有。他把钱放进衣兜里，然后告诉我说，马罗劝他乘着月色坐车去兜兜风。他想，这会有助于他的睡眠。也许您知道，他一直睡得不好。然后，他就和马罗走了。我觉得他那晚上要钱很奇怪，但很快就忘记了。直到现在，我才又想起来。"

"的确很奇怪！"特伦特凝视着远方说。

卡普尔先生开始对侄女说起验尸的安排。特伦特转过身，向正在草坪上踱步的马罗走去。

这个年轻人谈到今天的安排好像很轻松。尽管他仍然显得疲倦紧张，但谈到当地警察局虚张声势和斯托克大夫故弄玄虚的样子时，却不无幽默。特伦特慢慢把话题转到案情上，马罗的神色又凝重起来了。

"波拉对我讲了他的看法。"马罗听了特伦特对他的印象后说，"我不能同意，因为它无法解释一些奇怪的现象。不过，我在美国住过很长时间，知道这种手段秘密、效果惊人的复仇行动并非不可能。这是那里的劳工运动的一个特点。美国人对这种事有兴趣，也有实施能力。你知道《哈克·贝利历险记》吗？"

"只有傻瓜才知道。"特伦特说。

"我想，美国的大史诗中最富有美国特色的，就是描写汤姆·索亚的那些情节。他的计划真是又紧张又浪漫，得花好几天才能完成。帮助黑人吉姆逃跑，其实，用不了二十分钟就可以轻松办成了。你知道，他们多么喜欢联谊会和哥们儿义气。每个大学俱乐部都有自己的秘密标志。你一定听说过政界的秘密党派排外主义和三Ｋ党。那么，再看看犹他州廉价恐怖暴政，那是真的流血了。摩门教的创始人是最纯种的美国佬，你清楚他们都干了些什么。这一切，都是出于同样的观念。"

"如果与罪行沾上边——或者是坏事，或者只是为了取乐——那么，这种观念就会变得可怕了。"特伦特说，"不过，除了文明礼仪之外，决心使生活变得有趣活泼，这一点我是比较欣赏的。回到眼前的事情吧！你没有觉出麦特逊先生有可能像波拉认为的那样，在某种程度上受到这个威胁吗？譬如，半夜派你出去，这就很不寻常呀！"

"确切地说，是在十点左右。"马罗答道，"不过，他即使是半夜把我从床上叫起来，我也不会太吃惊。麦特逊先生喜欢戏剧性的行动，喜欢出人意料的决断，乐意为达到目的而冲破各种阻力。他突然想得到一个叫哈利斯的人的回话——"

"哈利斯是谁？"特伦特插话道。

"没人知道。就连波拉也没有听说过。猜不出到底是怎么回事。上周我去伦敦办事时，麦特逊先生让我为一个叫乔治·哈利斯的先生订一个甲板舱位，轮船则须是周一启程的。我知道的就这些。麦特逊先生似乎突然想起来要从哈利斯那儿得到什么消息，而这消息看来又是保密的，不能发电报。当时没有火车了，所以，我就像您知道的那样被派了出去。"

特伦特环顾四周，没看到什么意外情况，就面容严肃地悄声说："我告诉你一件事。我想，你还不知道吧。你和麦特逊先生乘车出去以前，在花园里谈过话。男仆马丁听到了最后一句。他听见麦特逊先生说：'哈利斯如果在那儿，那么，每一分钟都很重要。'马罗先生，你清楚我在这里的公干。我是被派来调查案情的，你不要介意。既然有了这句话，我想请你再说一遍，你知不知道这是什么事情。"

　　马罗摇了摇头。"我的确不知道。我是不会轻易介意什么的。您的问题也很有道理。我已经把谈话的内容告诉了警长。麦特逊先生只是对我说，他不能告诉我是怎么回事，只是想让我找到哈利斯，告诉他麦特逊先生想了解事情进展如何，再从他那儿带回一封信或者口信什么的。他还说，哈利斯可能不会来。如果他来了，那么，'每一分钟都很重要'。现在，我知道的一切都告诉您了。"

　　"这次谈话是在他告诉妻子你要和他乘月色出去兜风之前。我不明白，他为什么要掩饰你的这次任务呢？"

　　年轻人做了一个无可奈何的手势。"为什么？我也猜不出来。"

　　"为什么？"特伦特看着地面，好像自言自语地小声说，"他为什么不让麦特逊太太知道呢？"他抬头看了看马罗。

　　"也没让马丁知道。"马罗淡淡地补充道，"麦特逊先生对他也是这么说的。"

　　特伦特摆了摆头，像是要结束这个话题。他从衣袋里拿出一个信匣，从中抽出两张很干净的纸。

　　"看看这两张纸，马罗先生。"他说，"你以前见过吗？你看它们是从哪儿来的呢？"趁马罗拿着纸诧异地端详时，特伦特问道。

　　"好像是用刀子或者剪子从今年的日记本上裁下来的——是十月份的。"马罗看了看纸的正面和反面，说道，"纸上没留下什么痕迹。据我所知，这里没有人有这样的日记本。它们是怎么回事？"

　　"没什么。"特伦特口气含混地说，"这个家里的人都可能有这样的日记本，而你没有见过。不过，我也没有太指望你能认出来——实际上，如果你认出来了，我反倒会惊讶呢。"

他停住话头，只见麦特逊太太向他们走来。"我姑父觉得，咱们该动身了！"她说。

"我和波拉先生一起走吧。"卡普尔先生走过来说，"我们有几件生意上的事，要尽快处理。梅布尔，你和这两位先生一起走，好吗？我们在那儿等你们。"

特伦特转身对麦特逊太太说："请您原谅，太太。我今天早晨来府上，是想查找一下我认为可能发现的线索。我并不打算参加验尸。"

麦特逊太太坦率地望着他，说："好吧，特伦特先生。请按您的想法做吧。我们全都仰仗您了。马罗先生，请稍等一下！我马上就好。"

她走进房子。她的姑父和美国人已经向大门口走去了。

特伦特看着马罗，压低声音说："真是一个绝妙的女人哪！"

"您这么说，就是不了解她了。"马罗也放低声音答道，"她不只是绝妙！"

特伦特没有说话，凝视着远方。寂静中响起了一阵急促的脚步声。只见大路不远处，一个男孩正打旅馆的方向跑过来，手里拿着一个橙色信封。尽管相隔一段距离，人们也能知道，那是一份电报。

特伦特漫不经心地看着男孩从卡普尔两人身边跑过，然后转身问马罗："问一件无关紧要的事。你在牛津待过吧？"

"是的。"年轻人答道，"您问这个干吗？"

"只是证实一下我的猜测对不对。人们不是经常这样猜度别人的吗?"

"是啊!"马罗说,"譬如,我们俩就有各自的特征。假如我事先并不了解,我就会猜您是艺术家了。"

"为什么呢?是我的头发太长了吗?"

"哦,不是。因为您观人察物的样子,就和我看到的其他艺术家一样,目光慢慢地从一个局部移到另一个局部——不是看,而是打量。"

那个男孩气喘吁吁地跑来了。"您的电报,先生!"他对特伦特说,"刚来的!"

特伦特向马罗表示歉意,然后打开信封。他看着,看着,眼睛亮了起来。马罗那疲倦的脸容也随之放松,露出了一丝微笑。

"一定是好消息吧!"马罗好像自言自语地小声说。

特伦特看了他一眼,毫无表情。"不是什么消息!"他说,"它只是告诉我,我的另一个猜测没错。"

八　法庭求证

验尸官心里明白，他一生中的这一天，会受到全世界瞩目的。他暗下决心，要对得起这昙花一现的显赫时刻。

他个子高大，秉性快活，而且很喜欢自己工作具有的戏剧性。麦特逊先生神秘死亡一案落到他的管辖区内，使他成了全英国最开心的验尸官。他有本事把种种事实整理归类，而且能言善辩，陪审团在他手里简直成了软泥巴。有的时候，他还能将作证规则进行一些变通。

法庭设在旅馆一个狭长房间里。这房间才建成不久，没有什么陈设，是打算当舞厅或者音乐厅用的。记者坐在前排的椅子上。桌子一边坐着验尸官，后边是被召来作证的证人。陪审团成员分成两排，坐在桌子的另一边。他们都戴着假发，装出一副轻松的样子。大家都缄口不言，等待着严肃的开庭仪式。记者们对这一切司空见惯了，都在私下里小声交谈着。认识特伦特的人发现，特伦特没有出席。

死者身份由他的妻子来证实。她是第一个证人。验尸官询问了死者生前的健康状况后，又请她讲了最后一次见到丈夫的情景。他的提问充满了同情。事实上，在场的每个人都为这位身穿黑色丧服的女子感到难过。

麦特逊太太撩开了面纱。她脸色惨白，毫无表情。不过，她的样子并不冷漠。只消看她一眼，便会感受到销魂的女性气息。她甚至显得有些莫测高深。显然，她有很强的意志，足以控制自己的感情。回答提问时，她有一两次用手帕拭了拭眼睛，但声音一直低沉而清晰。

她说，周日晚上，她丈夫和往常一样，按时来到她的卧室。丈夫的房间其实是一个更衣室，与她的卧室相连。两个房间中间有一道门联通，夜里一般都是敞开的。更衣室和卧室都另有门通往走廊。她丈夫一直喜欢把卧室布置得尽量简朴，而且愿意睡在小房间里。丈夫回来的时候，她并没有醒来，只是睡得有些蒙眬。通常，他们总是这样。丈夫房间的灯亮了，她说了几句话。当时她困得厉害，想不起来都说了些什么。不过，她记得丈夫是乘月色坐车兜风去了。她想，她当时问的是兜风是否愉快，几点钟了之类的。她问他几点钟了，是因为她觉得自己刚睡了一小会儿，原以为丈夫会很晚才回来的。丈夫回答说，十一点半了，还说他已经改变主意，不去兜风了。"

"他说了原因吗?"验尸官问。

"说了。"太太答道，"他说了原因，我记得很清楚。他说，是因为——"她停下来，显得有些犹豫。

"因为——"验尸官轻声追问道。

"因为我丈夫一般不爱谈及生意上的事,"证人略有反感地扬起下巴。"他觉得我不会感兴趣,总是说得越少越好。所以,这次他对我说,他已经派马罗先生去南安普敦,找一个明天要坐船去巴黎的人带回什么重要消息。我听了有些吃惊。他说,马罗要是没有什么意外,会很顺利的。他说,他的确坐车出去了,又步行了一英里才回来的,感觉好多了。"

"他还说了别的什么吗?"

"没有。我记得他没再说别的了。"证人说,"我当时困得很,很快就睡着了。我只记得我丈夫关上了灯,以后就再也没见他。"

"夜里你再没有听见什么了吗?"

"没有。直到早上七点,女佣端茶进来,我才醒来。她和往常一样,关上了通向我丈夫房间的门。我以为他还在那儿。他总是要睡很长时间,有的时候会起得很晚。我是在客厅吃的早饭。大约十点钟的时候,我听说有人发现了我丈夫的尸体。"

说罢,证人低下头,静静地等待宣布作证结束。

"麦特逊太太!"验尸官的口气虽然显得同情,却加入了一丝严肃的味道。"在这种悲痛的气氛中,我将向您提出的问题会是令人痛苦的。但这是我的责任。在过去一段时间里,您和死去的丈夫之间并无恩爱和信任,是这样的吗?你们之间有隔阂,是吗?"

太太再次打起精神,盯着验尸官,脸上腾起一层红晕。"如果这个问题必要的话,"她冷冷地说,"我就回答一下,免得有什么误解。我丈夫最近几个月对我的态度很使我焦虑和难过。他变了，变得沉默寡言，而且似乎很不信任人。他以前很少这样，好像他只想独自待着。对这个变化，我做不出任何解释。我想抗争，尽量维护我的尊严。我们之间的确有隔阂。我不知道是什么，他也从没有告诉过我。我的自尊心很强，不愿意多费唇舌去问他为什么。我只是和以前一样，有机会时说上一两句。现在看来，我是永远不会知道原因了。"她说到最后几句时，声音禁不住有些颤抖。说完后，她拉下面纱，静静地站在那里。

陪审团成员有人不无犹疑地提了一个问题。"太太，您和丈夫的关系没有受过谣言之类东西的影响吗?"

"没有。"她话说得很冷淡。

大家都感到，对于像麦特逊太太这样的人来说，行为举止带来的误解是少不了的，而且还很严重。

验尸官问，最近她是否知道，有什么事情使她丈夫费神。

麦特逊太太回答说，不知道。

验尸官宣布，对她的提问到此结束。

她转身向门口走去。大家的注意力跟随了她几分钟，便又转到了验尸官传唤上来的证人——马丁身上。

这时，特伦特出现在了门口。他挤进屋里来了，没有去看马丁，而是把目光落在沿着甬道向他快步走来的那个身材匀称的女子身上。一看到他，特伦特的眼神立时变得阴郁起来。他侧身站到门边，微微弯腰施礼，却听见一个低沉的声音在叫他的名字。他跟着她走了几步，来到大厅。

"我想请你陪我回家去。"她声音微弱地说，"我在门口找不到姑父，却忽然感到头晕……到了外边就会好些……不，不，我不能待在这儿——请帮我一下吧，特伦特先生!"她明确地提出了请求。"我得回家去!"她的手一把抓住了特伦特的胳膊,尽管软弱无力,却像是要把他从这里拉出去似的。她全身靠在特伦特的胳膊上,垂着头,慢步离开旅馆,沿着林荫道向白房子走去。

特伦特默默地走着,脑子里乱作一团,好像听见无数声音在喊:"傻瓜!傻瓜!"

只有他才了解的事情、所有猜测、所有的怀疑,都一窝蜂似的涌进他的脑海,但胳膊上的那只木然的手却总是萦绕在意识当中,使他得意,又使他气恼、无措。

他送她回到住宅,看着她瘫倒在沙发上。特伦特脸上挂着焦虑的表情,心里却在狠狠地骂自己。

麦特逊太太撩开面纱,郑重地向他致谢,眼中满溢着真挚的谢意。

她说她好多了,喝上一杯茶就会恢复的。她希望自己没有耽误他的重要事情。她对自己的表现感到羞愧,本以为能够应付提问的,却没有想到最后那些问题让她尴尬不已。

"我真高兴你没有听到!"她说,"不过,你还是会从报上看到的。不得不说那些话!这可真让我受不了,而且还得留神别出丑!我可挺不住了!门口的那些男人都死死盯着我!再次谢谢你帮了我……我以为我会……"她奇怪地停住了,疲倦地笑了笑。

特伦特退了开去,手离开她那冰冷的手指时还在微微发颤。

对佣人和发现尸体的人的问话,并未给记者提供什么新材料。警方的材料也平淡乏味。使波拉先生大为兴奋的是,他的证词成了那天的热门货,远远盖过了死者妻子披露的让人感兴趣的家庭烦恼。他在法庭上扼要讲了他对特伦特说过的话。这个年轻的美国人的讲述被一字不落地记录了下来，第二天就几乎全文刊登在英国和美国的重要报刊上。

验尸官在最后对陪审团的发言中认为，由太太的证词来看，麦特逊先生有可能是自杀。但第二天的公众舆论根本没有理睬这个说法。正如验尸官所指出的，证据并不利于这一推断。他也强调，尸体旁边没有发现武器。

"先生们，这个问题当然重要！"他对陪审团说，"实际上，这是你们面前的主要问题。你们都亲眼见过尸体，刚才又听了法医的证词。但我想，我不妨再念念我的笔记，请你们回忆一下。斯托克先生对你们说——我将略去医学专用词汇，只用普通语言重复他的证词——据他看，死者是在六至八小时以前死去的。他说死因是枪伤，子弹从左眼进入，一直穿到颅底，几乎把颅骨打碎了。他说，伤口外部的样子并不利于自杀的假设，因为眼睛周围没有火药的痕迹，枪口离伤口的距离甚至并不很近。死者如果是自己开的枪，要与眼睛隔开这样的距离是不可能的。斯托克医生还对我们说，从尸体的状况来看，也无法有把握地说死亡时是否发生过搏斗。他看到尸体时，认为尸体还没有移动过。尸体是瘫倒的姿势。一般来说，这只能是枪击造成的。不过，手腕和胳膊下部有死前不久留下的伤痕。在他看来，这是暴力的痕迹。

"我认为，波拉先生提供的值得注意的证词不能说毫无意义。你们听后也许会吃惊，证人所描述的那种冒险行为在他的国家里，对麦特逊先生这样地位的人来说是很普通的。此外，你们也许知道，在美国实业界，劳工的不满情绪常常会发展到这种极端程度。而这样的事在英国还没有发生过——很幸运。我在这一点上，已经对证人提出了很多问题。不过，先生们，我并不是说你们应该接受波拉先生对死因的猜测。完全不是的。他的证词提出了两个问题，供你们考虑。第一，可以说死者在某种程度上受到了威胁——也就是说，他比一般人更具有遭到谋杀的危险吗？第二，据证人讲，他的行为举止最近发生了变化。这是否能说明他是处于极度焦虑之中呢？你们可以从法律角度来考虑这两点，再根据其他的证词得出结论。"

验尸官暗示了波拉先生的话切中要害，并要求陪审团作出裁决。

九　"大获全胜"

"请进!"特伦特大声说。

卡普尔先生走进了特伦特旅馆套房的客厅。"已是黄昏时刻,陪审团一天都没有离开那间小屋。正如人们所料,他们对一个或几个未知嫌疑人发起了谴责。"

特伦特抬头瞟了他一眼,又埋头琢磨起搪瓷盘里的东西来了。他把盘子在窗前的光亮下慢慢摇动着,看上去面色苍白,动作显得有些紧张。

"坐在沙发上吧!"他说,"这些椅子是平定西班牙宗教法庭后在大拍卖中费了好大力气,才买到的。这是一张很不错的底片啊!"他说着,把一张底片举到亮处,扬起头端详着。"我想,应该冲洗得很好了。咱们一边等它晾干,一边把这儿收拾一下。"说着,他开始清理乱七八糟的盆、盘、盒、碗和架子。卡普尔先生则在一旁一件一件拿起来，好奇察看着。

"这东西叫消除液。"看到卡普尔先生打开一个瓶塞闻了闻，特伦特说，"你要是急着洗出底片来，它就很有用。不过，我可不想把它喝下去。它可以消除次磷酸盐，却不会把人像也一起抹掉。"他把东西都堆到满满当当的壁炉架上，然后，坐到了卡普尔先生前面的桌子旁边。"旅馆客厅的最大好处，就是它的摆设并不会使人工作分神。没有别的什么地方更能使头脑得到安宁的。卡普尔，你以前来过这个房间吗？我都来过几百次了。好多年了，不管在英国什么地方，我总是离不了它。说来有些荒谬，我离了它就不知所措。如果离旅馆太远，他们就会给我找个别的会客室。我在这样的地方工作，感觉最棒了。譬如今天下午，从验尸到现在，我已经完成了好几张出色的底片了。楼下就有一间很好的暗室。"

"验尸——我想起来了。"卡普尔先生说。他知道，特伦特这样说话，意味着他正在做的工作让他很兴奋。他纳闷，特伦特这会儿正在忙什么。

"好朋友，我来这里，是为了感谢你今天上午对梅布尔的照顾。我没有想到，她离开法庭后会不舒服。她好像挺镇静呢！她本来是很有自制力的女人。我本想由她去了，我得把证词说完，这才是我应该做的一件重要事情。很幸运，她找到了你帮忙。对此，她非常感谢。现在，她已经恢复了。"

特伦特手插在兜里，微皱着眉头，没有回答。沉默了一会儿，他说："我告诉你，你进来的时候我正在干什么有意思的事。来，你想不想看看高级警察干的活儿？那个老莫奇，现在也应该正在干这种事哩。也许他正在干，但是我希望他搞不出什么名堂来。"他从桌边一跃而起，奔进卧室。出来时，他手里端了一个大托盘。上面放了许多参差不齐的玩意儿。

"首先，我得向你介绍一下这些小玩意儿。"他说着，把它们依次摆在桌子上。"这是一把大号的象牙裁纸刀；这是从日记本上撕下来的两张纸——我自己的日记本——这是一瓶洗牙水；这是一个抛过光的胡桃木小盒。有些东西晚上要送回白房子去。我就是这种人——什么也拦不住我。今天早晨大家都去法庭了，我就把它们取了来。要是有人知道了，肯定会觉得奇怪。现在，盘子里只剩下一件东西了。你的手别去碰它！能说出它是什么吗？"

"当然可以！"卡普尔说。他饶有趣味地端详了一会儿。"这是一只普通的玻璃碗，像是餐桌上洗手用的。我看不出它有什么特别之处。"仔细看了一会儿后，他补充道。

"我自己也看不太出来。"特伦特答道，"而这正是它有意思的地方。卡普尔，你把那个小粗瓶子拿来，打开塞子。知道里边是什么粉末了吗？我想，你那个时候还成磅地吃过它呢。他们用它喂孩子。一般叫它灰色粉，是很了不起的东西呀！现在，我把碗斜靠在这张纸上，你把粉往碗的这边洒一点儿——就是这儿……很好？爱德华·亨利爵士自己摆弄这粉，也干不了这么漂亮！卡普尔，我看得出来，你以前干过。是老手啦！"

"我真的不是什么老手！"卡普尔先生一本正经地说。

看到特伦特把洒在外面的粉又倒回瓶子里，他问道：

"这对于我来说，完全是一个谜。我刚才干了什么了？"

卡普尔先生又看了看。"真是奇了！"他说，"我看出来了，碗上面有两个很大的灰色指纹。刚才还没有呢。"

"我是一个侦探啊！"特伦特说，"你有兴趣听我说说玻璃碗的事吗？你每次用手拿起一样东西，就会留下痕迹。一般情况下，人们看不见它。它可以保留几天或者几个月。手就算再干净，也不会很干燥的。有的时候——譬如特别焦虑——手还会很潮湿，碰到冰凉光滑东西，就会在上面留下指纹。这个碗，最近被一只相当潮湿的手移动过。"他又洒了一些粉末在上头。"你看，在它的另一边，是一个大拇指纹——很清楚。"

他并没有提高声调，但是卡普尔先生觉出来了，特伦特看到那淡淡的灰色指纹时很激动。

"这应该是食指了。对像你这样有知识的人，我就用不着再讲了。它只有一个涡纹，纹路排列整齐。第二个手指的纹路简单一些，有一个中心，十五条纹路。我知道它是十五条，是因为这张底片上的两个指纹也有同样的纹路。我仔细看过了。看吧！"

他举起一张底片，对着快要落山的太阳，用铅笔指点着。"你可以看出来，它们是一样的。你看边上的两个分叉。那个也有。碗上的指纹和我在这张底片上拍下的指纹，出自同一只手。"

"你是从哪儿拍来的呢？它们有什么意义吗？"卡普尔先生睁大眼睛，问道。

"我是在麦特逊太太卧室左边一扇窗子里侧发现的。我不能把窗子扛来，所以拍了照。为了拍照，我还在玻璃的另一面贴了一张墨纸。这只碗是麦特逊先生屋里的。一到晚上，他就会把义齿放在里边。"

"但这不可能是梅布尔的指纹。"

"我想不是的！"特伦特口气肯定地说，"它们比麦特逊太太的指纹大一倍呢。"

"那么，一定是她丈夫的。"

"也许是。现在，咱们看看能不能再对比一下。"特伦特轻轻吹着口哨，脸色刷白。

他打开一个装着黑粉的小瓶子。"这是灯灰。"他解释说，"你用手拿住一张纸，等上一两秒。这样，就能显示出你的指纹。"他小心翼翼地拿起从日记本上撕下来的那张纸，递过去让卡普尔看。上面什么痕迹也没有。他往纸上倒了一些粉末，再轻轻倒掉那些浮粉。然后，他一言不发地将纸递给卡普尔先生。纸的一面清晰无误地显示出两个黑色指纹，与碗上和盘里的指纹一模一样。他拿起碗来比较着。特伦特把纸翻过来，另一面上有一个黑色的大拇指纹，与他手里的玻璃碗上的指纹一样。

"你看，是同一个人的吧。"特伦特轻轻一笑说，"我就觉得，会是这样的。现在我清楚啦！"他走到窗前，向外看去。"现在我清楚啦！"他小声重复着，好像是在自说自话。此刻，他的语调显得有些尖刻。

卡普尔先生没有明白，只是望着他那毫无表情的后背。

"我还是一点儿都不明白。"他试探着说，"我经常听说这种指纹的事，不明白警察是怎么做的。我的确很感兴趣，可是，说实话，我看不出在这个案子中麦特逊先生的指纹怎么会——"

"请原谅，卡普尔先生。"特伦特打断他的话，一步跨到桌前。"我开始调查时，本想每个步骤都让你跟我去。我告诉你，我遇到了一件事。如果是其他人发现的，肯定会招致非常痛苦的后果。"

他沉着脸，看着卡普尔先生，用手猛击一下桌子。"现在对我来说，真是太可怕了！直到这时候，我还希望是我错了。"

他望着卡普尔先生惊愕的面孔，突然笑了笑。"好吧——我不再绕圈子了。可能的话，我就全告诉你。你看，这活儿我还没有干完一半呢。"

他将一把椅子拉到桌旁，坐下来检验那把象牙裁纸刀。卡普尔先生压抑住自己的惊恐，弯下腰去，一副兴味盎然的样子，将那瓶灯灰递给了特伦特。

十 富豪之妻

麦特逊太太站在白房子客厅的窗前，凝视着细雨和薄雾中的朦胧景色。

天气变得恶劣起来了。这在六月份是不常见的。从阴沉的大海上飘来一层层云雾，把田野的上空涂成一片凝滞的灰色。天上洒下无数细不可辨的小水珠，微风一吹，打在玻璃上噼啪作响，好不凄凉。

她望着这昏暗冰冷的景色，脸色显得格外忧郁。对于一个居丧、孤独、失去生活目标的女人来说，这天气真是再糟糕不过了的。

有人敲门。她说："进来！"同时打起精神，无意识地做了一个姿势。每当她意识到自己对生活感到厌倦时，这种姿势就会下意识地流露出来。

女仆进来说，来访的是特伦特先生——他很抱歉这么早就来打扰。但他有一件紧要的事情要商量，希望麦特逊太太能见他。

麦特逊太太同意了。她走到镜前，望着自己橄榄色的脸庞，摇了摇头，脸上闪过一丝抽搐。她向门口转过身时，看到特伦特已经进来了。

她注意到，特伦特的样子变了不少。由于睡眠不足，他显得很疲倦。那一脸和善的微笑也消失了，取而代之的是冷漠的表情。她马上感觉到有什么事情不对劲。

"我开门见山，好吗？"他向麦特逊太太施礼后，说，"我应该赶上十二点钟主教桥的火车。这件事要是不解决，就走不了。麦特逊太太，这只与您有关。我干了大半夜，全都想过了。现在，我知道我应该怎样做。"

"您看上去真是累坏了！"她关心地说，"坐下谈，好吗？这把椅子很舒服。我想，当然是有关这个可怕的案件和您作为记者的工作吧。特伦特先生，如果您认为我能够回答，就请问好了。我知道，您只会履行职责帮助我，不会使事态进一步恶化。如果您说有事必须见我，我知道那肯定正如您说的，您应该这样做。"

"麦特逊太太，"特伦特措辞谨慎地说，"我只会帮助您，而不是使事态进一步恶化。但是，我肯定会使您不愉快——我希望这只限于您和我之间。至于您是否能够妥当回答我的问题，还是由您决定吧。但是，我以自己的名誉对您说，我提的问题只能决定我是发表还是收回我发现的关于您丈夫之死的重大线索。这些线索还没有被其他人怀疑到。我想，他们也不可能怀疑到。我所发现的——我确认的事情——都已经得到证实。这会让你感到震惊。不过，也许还不仅仅是震惊。如果您真的感到震惊或别的什么，我就把这篇稿子压下来！"

说完，他把一个长信封放在身边的桌子上。"这样，里面的事实就不会公布出去了。我可以告诉您，这里面是我给总编辑写的一封短信，还附有一篇长文章。没有意外的话，这篇文章是要在《纪录报》上发表的。您现在可以拒绝对我说什么。如果您拒绝了，我就要对我的雇主负责任了。按我的职责，我必须今天把它送到伦敦，由我的总编辑去审慎考虑。您明白，我无权仅仅因为一些想当然的理由便把稿子压下来。不过，我如果从您这儿得知——这是其他任何人都无法提供的——我刚才所说的想当然的理由中确实有些道理，那么，作为一个绅士，一个……"他犹豫了一下，"为您祝福的人，我要做的就只有一件事了：我将不发表这篇稿子。从某些方面来说，我不想帮警察的忙。您听懂我的意思了吗？"

他的冷静中透出一丝焦躁，因为麦特逊太太苍白的脸上没有任何表示。

她双手紧紧绞在一起，两肩后张，样子呆板而平静，与她在法庭上的表现一模一样。

"我完全懂了！"麦特逊太太语调低沉地说。

她深吸了一口气，继续说道："我不知道您发现了什么可怕的事情，或者是忽然想到了什么可能性。但是，您愿意来问我，这已经很好，很体面了。现在，你能告诉我那是什么事吗？"

"不能！"特伦特答道，"这个秘密不属于您，而是属于我的报纸。如果我发现这是您个人的秘密，您就可以把稿子拿去看，然后撕掉。请相信我！"

他一下子又迸发出了过去的那种热情。"我从心底里憎恨这种故弄玄虚。这是我一生中最痛苦的时刻，而您却并不把我当作侦探对待。这使我更不好受。我想让您谈的第一件事是……"他又努力恢复到冷淡的口气，"您在法庭上说，您不知道您丈夫在最后的几个月里是出于什么原因改变了对您的态度，变得毫不信任，沉默寡言。真的是这样吗？"

麦特逊太太听到这里，黑眉一扬，眼里射出光芒，腾地站了起来。

特伦特也站了起来，拿起桌上的信封。这一切好像在说，他觉得会见到此结束了。

然而，她却举起一只手，脸上腾起一层红晕，喘着气说："特伦特先生，您知道您问的是什么吗？您是在问我是不是作了伪证。"

"是的。"特伦特不动声色地说。

过了一会儿，他又说道："您已经知道，麦特逊太太！我来这儿并不是要恪守那些斯文的假话。'有身份的人发的誓，在任何情况下都不会收回。'这就是斯文的假话。"他仍然站在那里，等待她的逐客令。

麦特逊太太什么也没有说。她走到窗前。

特伦特不自在地站着，看着她那微微起伏的双肩。她转开脸，望着阴沉的天空，慢慢地平静下来，终于一字一句地说：

"特伦特先生，您使我的信心又回来了。有些事，我不想让人知道，也不想谈及，但我觉得跟您说说不会有危险。

我想，如果我对您的提问据实回答，那么，在某种意义上，会有助于正义的伸张。要探明真相，您应该了解以前的事情——也就是我的婚姻。

"不只是我，还有很多人会对您说，我们的结合……并不是很成功的。我那时只有二十岁。我羡慕他的力量、勇气和信心。他是我那时认识的唯一的硬汉子。但是，没过多久，我就发现，他关心生意胜过关心我。我想，我是早就意识到了，可我一直欺骗自己，蒙蔽自己；还向自己许诺不可能的事情；我故意误解自己的感情。这是因为，我花的钱比任何英国姑娘所能想象的还要多。我被这个事实迷惑了。

"五年来，我一直看不起自己。我丈夫对我的感情……唉，我不应该这么说……我想说的是，他一直认为，我是社会上很有地位的那种女人，我应该尽情享乐，成为什么名媛，给他增光——他就是这么想的。其他幻想都破灭以后，他仍旧保持这个想法。我成了他野心的一部分。这的确是他一个大大的失望，因为我没有如他所愿，在社交界走红。我想，他这个人精明之极，应该想到了这些。像他这样的人，比我大二十岁，生意上的责任重大，一生的每个小时都放在生意经上，别的全都不管。而我却是在音乐、书籍和不切实际的遐想中长大的，总爱我行我素。他本该意识到，娶我这样的姑娘是冒险的，会很不愉快的。但是，他的确把我当作能为他在世界上增光添色的那种妻子，而我却做不到这一点。"

麦特逊太太越谈越激动。她还从没有这样向人表露过。她的话一泻千里，声音也开始像铃声一样清脆。

特伦特感到，过去的几天里，由于震惊和自我抑制，她的声调一直很平淡。现在，她这才是自然的流露。她从窗前刷地转过身来，一边说一边看着特伦特，眼里闪着光芒，美丽的脸上一片绯红和激动之情，双手略微晃动着以加重语气，憋闷已久的话喷泻而出。她完全沉浸在自己的情绪当中了。

"人啊，"她说，"那些人们！在他们的生活中，总有创造性的工作要做；有理想去信仰；有事情去争吵。有的人很有钱，有的人却相当穷。你想象得出他们会是什么样子吗？要想跨进另一个世界，就必须非常有钱才行——钱多得都可耻了——那样才能生存——在那里，钱是唯一起作用的东西，是人们所能想到的头等大事——赚了几百万的人被工作搞得疲惫不堪。空闲时候的唯一事情就是享乐。而那些不必干活的人比干活的人更无聊，也更坏。那儿的女人，活着就是为了炫耀；为了愚蠢的享乐；为了伤风败俗。你知道那种生活是多么可怕吗？当然，我知道，在这个圈子里有饱学之士、高雅之人，但他们寡不敌众，全给毁了！到头来还是一样无聊！无聊！啊，我想，我是夸大了。我的确交了一些朋友，有过快活的时候。但那是我寻找得来的，很难得的。在纽约和伦敦的日子——我恨死它们了！家庭舞会，坐游艇兜风，还有别的——全是同样的人，同样的无聊。

"你看出来了吧，我丈夫不会想到这些的。他的生活从没有无聊过。他从不在社交界泡着。就是来到社交界，脑子里也总是生意上的计划和要攻克的难题。他没有想到我会有这种感觉，我也从未跟他说起过。我不能这么做，这不公平。我想，我应该做一些事情，以便配得上妻子的身份，分享他的地位和运气。我能够做的唯一事情就是努力，再努力，使我的社交风格与他的目标一致……我的确努力了，而且是尽了最大努力。真是一年比一年难啊……我总也成不了他们所说的那种受欢迎的女主人。我怎么能做得到呢？我失败了，但我还是继续努力……我常常放自己的假。我觉得，我好像在交易中没有完成自己的那一份——我知道，这么说来很吓人了，但确实是这样——我带上一个花不起钱去旅游的老同学，到意大利住上一两个月。一切都省吃俭用，非常快活！我自己去伦敦长住一段时间，和从小认识的安静的朋友们住在一起，过过去的那种日子。我们买张戏票都得商量好几次，讨论找谁做衣服便宜些。这些以及其他类似的旅行是我婚后最快活的时候，它们使我能一直熬下来。但是我觉得，我丈夫要是知道我多么喜欢回到过去的日子，非恨死我不可。

"最后，尽管我努力了，他还是慢慢知道了……依我看，只要用心，就没有他洞察不到的事情。在他那里，明显的事实是，我没有满足他的愿望，成为社交界的人物。他以为这是我的不幸，而不是我的过错。当他发现，其实我并没有用心扮演自己的角色时，他就全明白了。他看出我是多么厌倦奢侈无度、光怪陆离、挥金如土的生活。我想……这是从去年开始的。我记不起具体时间和怎么引起的。也许是什么女人提醒了他——因为女人们都理解这一点。他什么也没有对我说。我想，他开始时并没想要怎么样。不过，这是很伤感情的——我们俩都受了伤害。我想，他也觉出来了。有一段时间，我们只限于客客气气的相互关照。在此以前，我们生活的基础一直是——我怎么对您说呢——思想交流吧。我们就很多问题毫无拘束地交换看法，同意或者不同意，又都不争得过分……您懂这意思吧？可到了这时候，一切都结束了。我感觉到，我们生活唯一可能的基石正从我脚下一点点地崩溃。最后，终于倒塌了。

"在他死去的前几个月里，情形就是这样。"她简短地说完最后一句，瘫坐在窗子旁边的沙发上，仿佛竭尽全力以后一下子松弛下来了。

有一会儿，他们两人都没有说话。特伦特急匆匆地想把纠缠不清的各种印象整理出一个头绪来。麦特逊太太的开诚布公使他非常吃惊。她滔滔不绝，精力充沛，这也使他惊讶。特伦特从中看出了她秉性活泼的一面，而以前偶然看到的另一面则是想入非非的自然本色。从这两个侧面看，她全然不像在公众场合中的那个形象，脸色苍白，仪容高贵，举止谨慎。在他的惊讶中，又透着对她美貌的崇拜。这使她的形象在特伦特心目中达到了超凡入圣的境地。他那本来已被案情塞得满满的头脑中，又涌进了一股念头……她是绝代佳人！这不只是因为她的美貌，也是因为这美貌与她自然的天性浑然一体。在英国，所有美貌女子都冷淡寡言，所有艳丽女子都好像粉饰掉了她们最美的风格。在女人才智的问题上，他宁可要灵气勃发，而不要平淡无奇。至于真正的才智有多少，那就是另一码事了。"这一切都有待争议。"他的内心说，"是的，只是我自己被迷住了。"他内心深处却在叫喊："不要这样！"他极力使自己的思路回到麦特逊太太的谈话上来，心里迅速涌起一种不可抗拒的信念。

"我想，我迫使您说了许多您本来不准备说的话，或者说是我本来没有想了解的事情。"他慢吞吞地说，"不过，我还有一个听上去很唐突的问题。这是我调查的关键。"他双臂抱在胸前，好像准备跃入冷水一样。"麦特逊太太，您能向我保证，您丈夫对您态度的改变与约翰·马罗毫无关系吗？"

他一直担心的事发生了。

"啊!"她痛苦地喊了一声,脸面扬起,双手前伸,好像是在乞求怜悯。接着,她用手蒙住发烧的脸庞,把头转向身边的靠垫。特伦特看到的只是她那浓密的黑发。她的身体随着抽泣而颤动,一只脚向里撇着,悲痛之中全然忘记了体面和风雅。这深深刺痛了特伦特的心。她像一座突然崩溃的高塔一样,完全垮了,只是无望地哭泣着。

特伦特站起身,面色苍白,却仍不失镇定。他木然地把信封放在小桌子中间,走出门去,轻轻地关好门。几分钟后,他便消失在雨中。

他不知道该去哪儿,什么也看不见。他深悔刚才在她面前一时冲动,胡言乱语,恨不得立刻回到她身边,请求她原谅,向她倾诉衷肠。他并不知道自己会说出什么,但这些语句就挤在嘴边——摧毁自己的自尊心,打消自己一直怀有的那种疯狂目的。他可憎地使这个女子陷入了痛苦。他的灵魂在震颤。

这就是眼泪的魔力。就在这一瞬间,他作出决定:决不能让那件事情发生。

特伦特毕竟是年轻人,他的内心更为年轻。他的生活方式曾使他锋芒毕露;他的精力如同火山一般。当他遇到成年男子早期常会遇到的事情时,这些特点又使他手足无措了。他常常冷酷地告诫自己,这样的事情是毫无意义的。它们只是对自己的道德和意志力的一场考验而已。

十一　秘而不宣

亲爱的莫洛伊：

　　我是怕万一在办公室找不到你，才写这封信的。正如信中所说，我已查出是谁谋杀了麦特逊先生。调查是我的事情，而现在则要由你来决定怎样做这篇文章了。调查涉及一个参与者。他是从未被怀疑过的人，现在却要受到指控。我想，在他被捕之前，你是不会发表这则消息的。我还认为，消息在他受审并确认有罪之前发表也是不合法的。你可以决定等到那个时候再发表；也可能发现，我给你的材料在判决生效之前就可以派上这样或那样的用场。但这些都是你的事了。与此同时，你是否愿意和伦敦警察局联系，让他们看看我写了些什么呢？我已解开了麦特逊一案之谜。但我祈祷上帝，如果没有和这个案件沾边该多好。

现附上我的信。

我以矛盾的心情向纪录报社就麦特逊谋杀案一事写第三封信。也可能是最后一封了。我感到非常宽慰，因为在前两封信中，我在正义感的驱使下，抽回了已经证实的一些事实。如果那时候把它们公之于众的话，就会使嫌疑人警觉起来，而且可能导致他逃之夭夭。他有非同寻常的勇气和智谋。现在，我可以写出这些事实了。我承认，我并不喜欢报道有关背叛行径的邪恶机智。它使人恶心，使人深思，过后又会使人怀疑，在令人费解的谋杀背后还有更深奥的令人迷惑的动机。而我认为，我已解开了这些谜团。

你们还记得第一封信里我写了周二早晨，我到达这个地方的情景吧。我讲了尸体是怎样被发现的，处于什么状态；讲述了和这个案件有关的各种谜团，并提到了当地传说的一两个推测；对死者的家庭环境做了描述；相当详细地描述了死者前一天晚上的行动。我也说到一件事实：死亡发生的那一天，麦特逊先生晚上饮用的威士忌细颈瓶里少了许多酒。这比他平常喝的要多得多。第二天，即验尸的那天，我从法庭拍了一份关于事情进展概要的电报。纪录报的其他代表按照我的要求，把电报一字不改地记录了下来。拟电报时，法庭验尸之事尚在进行当中。

现在调查结束了，目标找到了。那个人必然会被传讯，会去为杀害麦特逊先生的罪行进行申辩。

除了麦特逊先生提前起床、外出及走向死亡这个中心疑点之外，还有两个小疑点。我想，成千上万的读者也会想到的。这两点从一开始就很明显。第一，人们发现尸体离房子不到三十码远，可是屋里无人听到任何声响。而麦特逊先生并没有被人堵住嘴。他手腕上的伤痕表明，他和袭击者进行过搏斗。手枪至少打了一枪（我说至少一枪，是因为用手枪杀人，特别是如果遇上搏斗，罪犯通常至少有一枪失误）。我听说，男管家马丁是个睡眠很浅的人，听觉很敏锐。他卧室的窗户都开着，而且几乎是正对着尸体被发现的位置。因此，这个离奇的事实对我来说，就更是不可思议了。

第二，麦特逊先生把义齿忘在床边了。似乎他起床后，穿好衣服，系好领带，戴上怀表，就出了门，忘记戴上他每天必用的义齿。显然，他并不是由于太匆忙。即便如此，他很可能忘记的也会是其他东西而不是义齿。任何一个戴义齿的人都承认，起床后戴义齿已成为第二天性。说话和吃饭，更不必说仪表，都离不开义齿。

然而，这两个奇怪的细节当时都没能引出更多的线索。它们只是使我嗅到了藏在阴影里的一些疑点，在麦特逊先生怎样、为什么、被谁杀死的谜团之上又加了一层谜团。

有了这段前奏，我在头几个小时的调查中就发现了正确线索，而这条线索却被费尽心机地掩盖起来了。

我已描述了麦特逊先生俭朴的卧室。它与房间里大量的衣服和鞋子形成了奇特的对照。我也形容了他的房间与麦特逊太太的房间之间的联系。在他那摆满鞋子的两个长长的鞋架上层，我找到了麦特逊先生临死前一天晚上穿的那双漆皮鞋。我说过，我要找到这些鞋。我扫了一眼这排鞋子，倒不是因为他们能给我提供什么线索，而是因为我正好是鉴赏鞋子的专家。所有这些鞋的做工都是出类拔萃的。但是，我的注意力马上就被这双鞋的特点吸引住了。他们是系带鞋中最轻的那种礼服鞋。鞋底很薄，没有鞋尖装饰。像其他的鞋子一样，样式很漂亮。这些鞋都旧了，但都擦得锃亮，没有什么磨损。我发现，那双鞋的鞋面上有一条细长的裂纹——就是系带的那个地方。这种紧脚的鞋要很用力才能穿上，接缝处一般都会缝得很结实。这两只鞋的缝线都开了，下面的皮子也被挤裂了。两只鞋上的裂缝都很小，长不及八分之一英寸。鞋不穿时，被挤得裂开了的口子就合在一起，不是特别仔细的话，是轻易发现不了的。还有一个更隐秘之处：鞋底和鞋面之间的缝合线也开了，在鞋头和鞋的外侧都可以看见线缝。

所有迹象都在指向一件事——这双鞋被一个脚大了一码的人穿过。

麦特逊先生的鞋质地都很好，他一直穿得很仔细。也许，他对自己那双细长的小脚还有一点儿自负。我还注意到，别的鞋再没有类似的迹象，没有脚大硬挤着要穿进去的嫌疑。而这双鞋，却是明显地有人穿过，而且就在最近。因为撕裂的口子还很新。

麦特逊先生死后有人穿过这双鞋的可能性不大。因为我检查这些鞋的时候，尸体才发现了二十六个小时。况且，这么做的理由不充分。麦特逊先生活着时候有人借过他的鞋，并且穿坏了——这种可能也是微乎其微。他是满可以挑上一双不这么紧脚的鞋的，犯不着非要穿这双鞋而挤裂了它。白房子的男人除主人之外，只有男管家和两个秘书。我并不是说，我的考虑就是非常周全的了，我其实是让思想在发现的事实面前跑马。不过，我一直觉得，在这种情况之下，让我的思路自由发展而得出结论是一种好办法。自从在马尔斯通镇下了火车的那天早晨起，我就一直沉溺于麦特逊案件的细节。这事从未离开过我的脑海。突然，这一时刻出现了，恶魔清醒过来，并且开始了行动。

我还是别说得那么玄乎了。所有和难事打过交道的人对它都很熟悉。当机遇与努力自然而然、迅速地将一个掌握事实要害的人置于困惑之中时，他的各种思路会在事实面前重新组合。常常是出人意料地，各种思路就突然有了头绪。眼下，我的脑子里刚有了"别人穿了这双鞋"的念头，就涌出了一大堆想法，而且都具有同样的特征，都对这个新念头发生了影响。人们从未听说过，麦特逊先生会在晚上大喝威士忌。发现尸体时，他穿得很不整洁。这很不像他——袖口向袖子里面卷着；鞋带系得乱七八糟；起床后没有洗漱；还穿着前一天晚上的衬衣、领子和内衣；怀表放在没有镶皮的马甲兜里。这根本不像他！（第一封信里我提到了这些方面。但我和其他人一样，在检查尸体的时候都没有发现有什么特别值得注意的地方。）在夫妻彼此疏远、几乎不说话的情况下，麦特逊先生竟然将自己的行踪详细告诉太太，尤其是晚上睡觉的时候。这看起来很奇怪。起床后，麦特逊先生连义齿都不戴，就更反常了。

这些想法一股脑地涌进了我的脑海。这都是我那天早上询问和调查的结果。我突然有了一个明确但尚未证实的推断——"那天晚上在家的人不是麦特逊"——这听上去好像太荒谬了。能够肯定的是，麦特逊在家吃了饭，而且和马罗一起坐车出去了。有人和他打过照面。但是，十点钟回来的人是他吗？这个疑问看来也很荒谬。但是，我就是不愿放下它。对我来说，这好像是一丝微弱的光开始占据了我整个脑海，就像黎明的曙光一样，太阳不久就会升起来了。我仔细思考着刚刚涌现出来的一个又一个问题，力图明白：为什么有人要化装成麦特逊先生，来做麦特逊先生不会做的事情？

对于一个人就是挤脚也要穿上麦特逊先生的鞋的动机，我没有多加考虑。警察对脚印非常在行。

但是，这人不仅不想留下自己的脚印，还特意想要留下麦特逊先生的脚印。我猜的没错的话，他的整个计划就是要告诉人们，麦特逊先生当晚在那个地方待过。除此而外，他还要留下这双鞋。发现麦特逊先生的鞋像往常一样放在门外，女佣就将鞋擦好了。发现尸体之后，女仆又于上午晚些时候，把鞋放回架子上了。

有了新的思路再来考虑义齿被忘戴时，合理的解释便凸现在眼前了。那个不知名的人把义齿带进屋里，放在床边。其目的和鞋一样，便是要使人们不再怀疑：麦特逊先生已经回到屋里睡下了。这当然就导致我得出了这样的推论：真麦特逊在假麦特逊来到房间之前就死了。其他的事情也证实了这一点。

譬如，衣服。现在，我回忆一下衣服的状况。那个穿过麦特逊先生鞋子的人一定也拿走了他的裤子、背心和猎装。坐在图书室打电话的假麦特逊先生穿的正是这些衣服。现在很明显，这些不会被错认的衣服是这个不知名的人的计划的关键环节。他知道马丁准会把他认作麦特逊先生。

在这里，我的思路被一件我以前忽略的事情打断了——"麦特逊先生那天晚上在家里。"——这个毋容置疑的假设对我影响太大了，以至于我，还有其他所有人都没有注意到这一点：马丁其实并没看见那个人的脸！麦特逊夫人也没有看见！

至于麦特逊夫人，按照她在法庭的供词（我以前说过，我让《纪录报》在法庭的速记员给我抄了全部供词），她根本就没有看见那个人。她几乎是不可能看见的。她只是睡眼惺忪地和一个钟头前还活着的丈夫说了几句话。我认为，那个人低头弯腰打电话时，马丁只能看见他的后背。毫无疑问，有人在模仿他这个很有特点的姿势。此人还戴着帽子！戴着麦特逊先生那顶宽边帽子！人的后脑勺和脖子会有很明显的特征。事实上，这个不知名的人可能和麦特逊高矮差不多。除了上衣、帽子和他的模仿能力之外，他不需要什么乔装打扮。

这时，我停了下来，思索着这个人的沉着与机灵。我开始意识到，只要他模仿得好，而且头脑冷静，作案会是十分安全、容易的。有了这两点保证，他的所作所为便是神鬼不知了。

还是回到我的疑点上来吧！我坐在死者的卧室里，眼前就是那双泄密的鞋子。任何读到这封信的人都会明白，作案人为什么要从窗户而不是门口进来。从门口进来的话，大厅对面的餐厅里有耳尖的马丁。他的行踪多半会被发现，而且还可能跟马丁打上照面。

接下来，就是威士忌的问题了。我没有十分注意它。因为在有八九个人的家里，有时它会莫名其妙地不见了。那天晚上少了许多，却是奇怪之极了。马丁因此被惊得目瞪口呆。在我看来，许多人——很可能就像这个人一样，干完了血案，剥去了死者的衣服，下面还要接着扮演性命攸关的角色——都会把这个细颈瓶当作朋友。毫无疑问，按铃叫马丁之前，他是喝了一口的。等他轻而易举地做完这套鬼把戏后，也许又喝了不少。

他懂得适可而止。最棘手的任务还在等着他。不管出于什么原因，这件事对于他来说，显然是至关重要的。他得把自己关在麦特逊先生的房间里，留下令人信服的迹象，证实麦特逊先生的确回来了。这要冒险。他当然明白危险不会很大，却也够令人担惊受怕的——隔着半道门，那边躺着一个醒着的女人，他就会要露馅了。如果他躲开她躺在床上的视线范围，那她能看到的就是他起床和向门口走去。她的床头靠着墙，放在门的另一端。我注意到，躺在她的床上，从门口就只能看见麦特逊先生床头的小柜。既然知道主人的习惯，他就会知道麦特逊夫人很可能睡着了。我想，他还很清楚他们夫妻彼此疏远的事实。尽管他们还在想办法掩盖，仍然睡在两间相通的屋子里，但是所有和他们打交道的人都很清楚这是怎么一回事。他把希望寄托在这一点上，即使麦特逊夫人听到了什么响动，也将是一个不加理会。

有了这一假想，我跟随着这个不知名的人来到卧室，想象着他的每一行动。当听到从隔壁传来懒洋洋的声音时，他震惊了。这是所有的声音里他最怕听到的。我也替他倒吸一口凉气。

麦特逊夫人在法庭上说，她想不起来自己当时究竟说了些什么。她想问这个所谓的丈夫兜风是否愉快。那么，现在这个不知名的人在做什么呢？我想，我们来到了最有意义的一幕。我能想象得出：他僵直地站在梳妆台前，听着自己扑通跳动着的心脏——他不仅用麦特逊先生的声调做了回答，还主动作了一番解释。他告诉她，他一时冲动，派马罗开车去南安普敦了；那天早晨有人坐轮船去巴黎，他让马罗去找他，并从他那带回一些重要的消息。平时与妻子彼此无话的麦特逊先生为什么这时会跟妻子说得这么详细，而且都是些她不感兴趣的话？为什么这么详细的解释都与马罗有关呢？

我已经讲得太多了。现在，我提出如下明确的看法：汽车发动的时间差不多十点了，麦特逊先生被害是在十一点左右。谋杀现场离房子有相当一段距离，因为无人听见枪声。接着，尸体被拉了回来，放在棚子旁边，还被剥去了外衣。大约十一点左右，假麦特逊先生穿着麦特逊先生的鞋，戴着他的帽子、穿着他的上衣，从花园一侧的窗户进了图书室。他还拿着麦特逊的黑色裤子、背心、汽车服和从麦特逊先生嘴里取出来的义齿，以及杀人的凶器。他把所有这些东西都藏起来后，按铃叫来男管家。他坐在电话机前，戴着帽子，后背朝着门。马丁在屋里的时候，他一直忙于打电话。马丁上楼到卧室去的时候，他悄悄进了马罗的屋子，把谋杀凶器——马罗的手枪——放回壁炉台上的盒子里。然后，他来到麦特逊先生的房间，把麦特逊先生的皮鞋放在门外；又把麦特逊的衣服扔在一把椅子上；还把义齿放在床边的碗里。然后，他选了一套衣服、一双鞋，又挑了一条领带。

在这儿，我要停下对他行踪的描述，提出一个有充分根据的问题：谁是那个假麦特逊？

鉴于我对这个人的了解，或者说很有把握的推测，我的结论是：

（1）他和死者关系密切。他在马丁面前的所作所为以及和麦特逊夫人的谈话，都顺利过关，没有露出一丝马脚。

（2）他的身材与麦特逊先生差不多，特别是身高和肩宽。当看不清头部，衣着又肥大时，坐着时的背影特征完全一样。但是，他的脚大了些，不过大得并不太多。

（3）他有很好的模仿和表演才能，像是不乏经验。

（4）他对麦特逊先生家里的布置了如指掌。

（5）他亟须造成如下假象：麦特逊先生周日晚上直到午夜时分，一直活着，就在家里。

接下来，我按照前边的顺序，对马罗先生稍作描述：

（1）他是麦特逊先生的私人秘书。彼此相处已近四年。两人关系亲密无间。

（2）两人几乎一般高，大约五英寸；两人都很壮实，肩膀很宽。马罗年轻二十岁，身材修长。麦特逊先生身材保持得不错。马罗的鞋子（我检查了几双）大约比麦特逊的鞋子大出一码。

（3）调查的第一天下午，我给一个朋友发了一封电报。他是牛津一个学院的研究员。我知道他对戏剧很感兴趣。电文如下：

请回电告知约翰·马罗大约十年前在牛津大学参加戏剧活动的情况。十万火急。注意保密。

第二天上午，我朋友的电报来了：

马罗做过三年戏剧协会的成员。他还担任过一任会长，扮演过克莱昂和麦尔库修（均为莎士比亚戏剧中的次要角色）。性格表演和模仿表演很受欢迎，在历史幽默剧中担任过主角。

马罗卧室里挂着他自己和另外两个穿福斯塔夫戏装的人的照片，上面有从《温莎的风流娘们儿》中节选出的台词，有牛津照相馆的印记。我是看了这些才想起要发电报的，又得到了很有帮助的答复。

（4）在与麦特逊的交往中，马罗成了家庭的一员。除了佣人之外，谁也没有他那样便利的机会去了解麦特逊先生家里的详情。

（5）我可以肯定，周一早晨六点三十分，马罗到了南安普敦的一个旅馆，然后开始履行使命。按他自己所说和假麦特逊在卧室里对麦特逊夫人的讲述，他这是奉麦特逊先生之命行事。然后，他乘车返回了马尔斯通镇，震惊于麦特逊先生被害的消息。

　　我们现在检查一下第五项事实（上面已列出）与关于假麦特逊的第五个结论之间的联系。

　　首先，我提请大家注意一个重要的事实。只有一个人声称，在麦特逊先生发动汽车时听见他提到南安普敦。这个人就是马罗。他的话在某种程度上证实了男管家无意中听见的——马罗说，这次旅行是悄悄布置的。当我问到麦特逊先生为什么要隐瞒自己的想法、只是说要在月光下和马罗开车兜风的时候，他无言以对。然而，这一点没有引起任何人的注意。马罗有无懈可击的不在犯罪现场的证据——六点三十分的时候他在南安普敦。谁也不会想到，他会与一桩很可能是在十二点三十分以后发生的谋杀案有关——男管家马丁这个时候已经睡觉了。但是，麦特逊先生兜风回来后公开向两个人大讲南安普敦。他甚至给南安普敦的一个旅馆打电话，提出问题来证实马罗捏造出来的这桩差事。马丁来图书室的时候，他正在忙着拨叫的就是这个电话。

　　现在，我们来考虑不在犯罪现场的问题。如果麦特逊先生那天晚上在家，如果他是直到十二点半以后才离开的话，马罗就根本不可能直接参与谋杀。这是由马尔斯通镇与南安普敦之间的距离就可推断出来的。如果他按照麦特逊先生的指示，要在六点半以前到达南安普敦，至少要在午夜之前就离开马尔斯通镇。开车的人要看路线图，而且要做必要的计算，就像那天我在麦特逊先生的图书室做的事情一样。在这种情况下，马罗像是没有任何可能作案。

如果事情并不是表面所显示的那样；如果麦特逊在十一点以前就死了；如果马罗那时在白房子装扮成麦特逊先生；如果马罗回到了麦特逊先生的卧室……那么，所有这一切怎么能和他第二天在南安普敦的出现相符呢？他得离开房子，不被人看见，不被人听见，在午夜之前开车而去。但是马丁，就是那个耳朵很灵的马丁，一直到十二点半，都在餐具室开着门等电话。他正好可以看到楼梯底部的动静。这是通向卧室的唯一楼梯。

有了这个难题，我们就到了我调查的最后也是最关键的阶段。我在前面所说的几点已经很明确了，在法庭验尸开始之前，我把时间用在和各式各样的人的谈话上，对我的想法逐一地加以验证。我只发现有一点不充足，这好像与马丁一直等电话到十二点半有关。既然他受到指示这样做也是作案计划的一部分，意在证实马罗不在犯罪现场，我想，这一定还有别的解释。如果我找不到，我的推理就根本不成立了。我必须证明，当马丁上床睡觉的时候，那个把自己关在麦特逊先生房间里的人，早已在通往南安普敦的公路上行驶好几英里了。

就在这时，我已经有了一个很好的想法——如果我解释清楚了的话，你读到这儿也许会产生这样的想法——这就是，假麦特逊在午夜前的逃跑是怎样策划的。当时，我并不想把我要做的事公开。如果我工作的时候偶然被人发现，那么，我的怀疑方向就无法隐瞒了。我决定在第二天开庭时再开始我的验证。我知道，验尸要在旅馆进行。我指望那时候白房子里的人都不在，只有我独自一人。

果然如此。旅馆里的验尸开始时，我正在白房子努力工作。我随身带着一个照相机。我搜查了一遍，对重要部分的检查和警察通常使用的方法一样。对某些细节，我又多加了一些注意。刚一开始，我就发现了两处新的指纹，而且拍了照。指纹又大又清晰，就在麦特逊先生卧室五斗橱右上角擦得锃亮的抽屉上。有五个指纹小一些，时间较长了，是别的手掌留下的。在麦特逊夫人屋里的法式窗户上也有指纹。这扇窗户夜里总是开着，挂着一幅窗帘。还有另外三个指纹在置放麦特逊先生义齿的玻璃碗里。

我从白房子拿走了碗，又从马罗的卧室里挑选了几样东西。上面有十分清晰的数不清的指纹。我已经有了马罗的清晰指纹，是他留在我的袖珍日记本上的。

可以肯定，留在窗户上的五个大指纹中的两个以及碗上那三个，都是马罗左手的指纹；窗户上的那三个以及抽屉上的两个是他右手的指纹。

到了晚上八点，我在主教桥柯伯先生的帮助下，在他的照相馆里放大了十二张马罗的指纹照片。很明显，他在我笔记本上的指纹和他在卧室里留下的指纹，以及我提到的那些指纹是一致的。这样，就证实了马罗最近到过麦特逊先生和麦特逊夫人的卧室，而他一般是用不着去麦特逊先生卧室的。我希望能够把这些指纹复制，与这封信一起公布。

晚上九点，我回到旅馆自己的房间里，坐下来开始写这份材料。这就是全部经过了。

再往前溯的推理可以作为结尾：谋杀发生的那天晚上，假麦特逊在麦特逊先生的卧室告诉麦特逊夫人说，马罗那时在去往南安普敦的路上。该做的事就绪之后，他就熄了灯，和衣躺在床上。一直等到麦特逊夫人睡着之后，他才起身。他穿着袜子，胳膊底下夹着一捆为死者准备的衣服和鞋子，蹑手蹑脚地穿过麦特逊夫人的房间。他站在窗帘后面，用手把窗户推开一些，跨过阳台的铁栏杆，悬下身子，直到离地面只有几英尺距离了，才跳到松软的草坪上。

这一切都可以在进入麦特逊先生卧室半小时之内完成。按照马丁的陈述，他是在大约十一点半的时候开始行动的。

以后的事情，报纸的读者和当局可以自己去猜测了。第二天早晨，就有人发现了衣冠不整的尸体。马罗六点半的时候，开车到达了南安普敦。

我是在马尔斯通镇旅馆的会客室里写就的这份材料。现在是凌晨四点，我要去主教桥，乘中午的火车去伦敦。到了以后，我就把这些材料交到你手中。请你把这份材料的大意转告刑事犯罪调查局。

菲利浦·特伦特

十二　为爱自我放逐

"现退回你开给我经办麦特逊案件的支票。"特伦特从慕尼黑给詹姆斯·莫洛伊爵士写道。他把那封信交到《纪录报》编辑部后，就去了慕尼黑。

那封信使谜案的结局变得平淡无奇。

　　我给你送去的消息还不值这笔钱的十分之一。我本可以毫不犹豫地把它装进腰包，但是，我突然意识到——请别介意是什么原因——我不能为这事拿钱。你不反对的话，我希望你把这笔钱分给你的工作人员，或是你所知道的不恃强欺弱的慈善组织。我去慕尼黑，是要见见老友，还要整理整理思绪。我最先想到的主意就是找一项有活力的工作。我发现自己毫无绘画天赋，连一道篱笆墙都画不出来。

你乐意让我做你在某地的通讯员吗？如果你能给我
找一件冒险的事情做做，我会很好地完成任务的。
这以后我就能安定下来，开始工作了。

莫洛伊爵士发电报给他，下达了指令，让他马上到库兰
和利沃尼亚去。原本负责那里的布朗宁又到国外去了，城镇
和乡下的动乱风起云涌。

这是一项变动不定的任务，但有两个月的时间可以着手
处理。特伦特还是幸运的。这项工作的顺手程度并不逊于往
常。他是唯一目睹德拉吉鲁将军在沃玛尔大街被一个十八岁
姑娘杀死的记者。他看到了火刑、分尸、枪决和绞刑。

每天，他的灵魂对这愚蠢暴政的厌恶都会加深一层。许
多个晚上，他都处于危险之中。许多天里，他不吃一口饭。
但是，从没有一个晚上或早晨他不想起那个女子的脸。他毫
无指望地爱着她。

他发现，在这种持续强烈的迷恋中，隐藏着令人不快的
傲慢。他对这个现象很感兴趣。这既使他惊讶，又使他开了
点儿窍。这种情形在他那里，从未有过。这种感情也已经无
可否认了，他对自己作为男人的这些体验却一直困惑不解。

这倒不是因为他到了三十二岁，就不能装作对感情世界
一无所知。他学到的东西，没有一样不是花了代价和通过追
求得到的，而且也并非没有留下过难以磨灭的记忆。在男女
之交方面，他仍然对性的不可思议的历史感到烦恼。他的一
生充满了对某种女性弱点的莫名其妙的尊敬，以及对某种女
性力量的非常单纯的恐惧。他一直把握着一种并不明确的信

念，以为自己的灵魂将会被呼唤而出，而那个呼唤的声音到时自然会被听到，用不着他去寻觅。

他却是从没有想到，这个信念有朝一日会被证明是正确的，而且，它的正确性是由一个罪恶的形象来表现的。他对梅布尔·麦特逊的感情既有突如其来的疯狂，又有妄自菲薄的绝望。这使他感到非常震惊。这份感情降临之前，对于单相思他是不以为然的，把它看成好色男孩的幻想。现在，他知道自己错了。他在这一领悟中痛苦地挣扎着。

在他的幻想中，那个女人总是他第一次见到时的样子，保持着他从崖边走过时曾为之惊叹的姿态。那姿态，透露了她重获自由的欢欣；也向特伦特暗示了她的守寡是对痛苦的解脱；又证实了特伦特内心一直存在的疑点。守寡，是她与自己所钟爱的人幸福结合的通行证。那时候，他第一次感觉到了这一点，却没有把握承认自己会是她所爱之人。他想，这颗种子肯定是第一次见到马罗时就播下了，因为他自然而然地注意到了马罗那无法忽视的力量和风度。那种神情和举止，是高个子青年所共有的。那会使任何待字闺中的女子动心。

这一切，不自觉地在他脑海深处，与卡普尔先生说的有关麦特逊先生的婚后生活联系在一起。他找到凶手之后，从开始研究谋杀动机起，一切在他眼里就成了既定事实。动机！动机！他在绞尽脑汁地想要寻求其他动机，避开自己心中那可憎的念头。那就是，马罗也像他一样在热恋的驱使下，为麦特逊太太的不幸打抱不平。

但当时的一切调查和后来的所有思考，都没有让他发现任何迫使马罗这样做的原因——发现的只有那个吸引力。他并不知道这个吸引力的全部力量有多大。如果这个吸引力确实存在的话，就会极大地唤起人的勇敢与意志，将谨慎小心抛到九霄云外。如果他的理智尚能信任的话，那么，那个年轻人也就既不是发疯，也不是天性邪恶。但这些，并不能解除他的罪责。为了一个女人而实施谋杀的动机并非罕见，这也是千真万确的！

他痛苦万分地多番分析，想要排除梅布尔·麦特逊事先知道有人要谋杀她丈夫的可能。他毫不怀疑，谋杀发生以后，对真相她是非常清楚的。

当他在突然之间，开门见山地问及马罗时，梅布尔一下子瘫倒了。

这一场景是如此的令人难忘！他本来还在想，这两人之间不存在什么爱情。此时，他的最后一线希望破灭了。不管怎么样，她读了材料以后，就知道了事实真相，并且能够肯定那时公众还没有怀疑到马罗。她一定销毁了他的手稿，而且相信他许下的诺言：保守这个威胁她情人生命的秘密。

她或许知道谋杀即将来临，却故意保持沉默。这个可怕的想法让特伦特纠结不已。她可能怀疑过，也可能猜到了一些意图。但她了解全部阴谋，因此成为同谋了吗？他永远不会忘记，他对马罗的谋杀动机第一次产生怀疑，是由于马罗是从夫人的房间逃跑的。那时，他还没有见过夫人，就已经产生了她犯有同谋罪的想法。他想，一种热恋的歇斯底里，一种热情的煽动力量，也许正是这场阴谋的精神支柱。

后来，他见到了她。和她谈了话，并且帮助她克服了软弱。从第一次见面起，这种怀疑在他心里就变得非常可耻了。他看见了她的眼睛和嘴唇，体察到了这个女人的气质。特伦特自诩可以嗅到空气中真正的邪恶之气。

　　站在她面前，特伦特又从内心肯定，她还有一颗善良的心。那天在悬崖上，她完全放任自己的感情，感受着摆脱束缚之后的自由和率性。就是在这时，也没有任何迹象与她的善良之心相悖。他不相信她会在绝望之下求助于马罗，也不相信她会知道马罗的可怕的目的。

　　然而，这一令人厌恶的怀疑日日夜夜折磨着他。他又想起马罗是在她的眼皮底下进行的各种事前事后的准备工作，又是从她的卧室窗户逃跑的。难道马罗一反狡猾的本性，冒险把一切告诉她了吗？或者，是他那时仍然在假扮麦特逊先生，等她睡熟以后才溜走的？

　　特伦特觉得，后者更为可能。他并不认为，她在法庭提供证词时就已经知道了谋杀真相。证词听来不像有假，让人觉得证人很诚实，或者——这个问题怎么也压抑不住，尽管他并不看重它——她躺在卧室里是在等待，等待脚步声暗示一切都结束了？在人性的多种肮脏层面里，邪恶的无情和欺骗难道也有可能会隐藏在善良、正直和高雅背后？

　　每当他独自一人时，这些思绪便会在脑海中翻搅不停。

　　特伦特为莫洛伊先生工作了六个月，薪酬相当丰厚。然后，他回到巴黎，以较为轻松的心情又开始了工作。

　　他重新获得了力量，与一群身份十分混杂的朋友住在一起。这比他期望的要快乐得多。他们中间有法国人、英国人和美国人；有艺术家、诗人、记者、警察、旅馆老板、士兵、律师、商人和其他人等。他那良善之心和乐于助人的本性使他赢得了大家的好感。就像在学生时代那样，他又一次感受到与法国家庭同吃同住的那种罕见的愉快。他被接纳为青年会的会员，发现那里的青年人就像他十年前那样，充满信心地在挖掘艺术和生活的秘密。

法国家庭和他过去了解的一样，甚至连墙纸和家具的样式也没有变。但是，他很懊悔地发现，年轻人和他们的前辈截然不同。他们很肤浅，很幼稚，更谈不上什么聪明。他们从人世间总结出的秘密，不再那样重要而有趣。特伦特坚信这一点，并为此感到惋惜。

但是，有一天，他在餐馆用餐时，发现坐在旁边一个吃得满脸横肉的人正是自己的同龄人——他完全被舒适的生活宠坏了。这人讲述了自己和三四个人作为新诗坛隐士的情况。他和他这一流派的人比一般的隐士更为遵守在咖啡馆外面和其他地方交谈的惯例，而惯例又是他们发誓要打破的。他们宣布，诗文创作尤其要自由化。他这个新诗坛的隐士现在已经成了内政部的成员，也在开始懂得装点门面了。他向特伦特表达了自己的看法，认为法国最需要的是铁腕人物。他能够说出某个叛国者究竟得了多少钱。这一点，特伦特以前从未听说过。

特伦特这时才意识到：原来是自己变了，变得就像在政府部门工作的那个朋友一样了，青年会却还是老样子。只是他很难准确地说出，自己究竟失去了什么重要的东西。简单说来，或许，就是他的傲气吧。

六月里的一个早晨，他从烈士街的坡路往下走时，看见一个熟悉的身影向他这个方向走来。他连忙掉头往四周张望，企图寻找隐身之处。

他不想再见到波拉先生。他认为，一段时间以来，自己的伤口正在创造性的工作中逐渐愈合。他思念那个女人的次数已经减少，而且不那么痛苦了。他不愿意使这段回忆再被激活。

但是，这段笔直狭窄的街道让人无处可藏。那个美国人一下子就看见他了。

波拉先生那自然而亲切的神情使特伦特感到惭愧，他曾对波拉先生不无好感。一起用餐后，他们又在一起坐了很久，波拉先生讲了很多。特伦特被他吸引住了，兴致勃勃地听着，偶尔有提问或评论。他不仅喜欢这个伙伴，而且喜欢和他谈话。与他谈话时，往往奇趣频生。

波拉先生是麦特逊公司在巴黎的欧洲大陆总代理。看来，他很满意这个职位以及它的前景。他就这个问题谈了约二十分钟，然后，他又告诉特伦特，他离开英国已有一年了。麦特逊先生死后不久，马罗就接替了他的生意，现在又繁荣起来了。实际上，他已经完全掌管了这项生意。他们还保持着亲密的关系，而且计划夏天一起去度假。波拉先生对他朋友的才干很钦佩。他说："马罗这家伙，是一个天生的买卖人。他要是有了更多的经验，我可不希望他来对付我。他会处处束缚我的。"

这个美国人滔滔不绝地谈着，特伦特听着，听着，渐渐感到有些困惑了。显然，他对形势的估计是离谱了。波拉并没有提出那个中心人物。波拉先生又提到，马罗和一个爱尔兰姑娘订婚了。

特伦特在桌子下面握紧了双手。发生什么事情了吗？他的思绪奔腾着。

波拉先生知道的情况并不全面。他知道，麦特逊夫人处理完毕丈夫的后事，就离开英国，到意大利住了一段时间。不久前她回到伦敦，决定不再在西伦敦贵族住宅区的房子里住下去了，在别处买了一座小一些的房子。"她的那些响当当的钱币都等着某个人去挥霍呢。"波拉先生说，声音里透出一丝伤感。"唉！她可以拿钱去烧火，拿钱去喂鸟——她却花费不了多少，老头子给她留下了一多半的钱。想想看，她是我今生今世所见到的最好的女人。她好像永远学不会怎么花钱似的。"

他在对牛弹琴了。此刻，特伦特完全沉浸在自己的思索之中。波拉又谈了一会儿生意，然后，两人热情地分手了。

半小时后，特伦特在自己的公寓里迅速而机械地"清理起来"。他想知道发生了什么事情。他明白，自己再也不可能接近她了。他不愿意把最后一次见到她的那种耻辱再带回去，连再看她一眼都不可能了。但他一定要知道……卡普尔在伦敦，马罗也在那儿……而且，不管怎么说，他厌倦巴黎了。

这些思绪翻来覆去。在这些思绪下面，有一条看不见的绳子。它的每根纤维都绷得很紧，无情地牵住了他的心。他不能否认那根绳子的存在，只有愤怒地诅咒它。无用的愚蠢！可怜的愚蠢！

二十四小时之后，他告别了巴黎。那是他曾经软弱的蜗居地。站在多佛海峡悬崖那闪闪发光的崖顶上，他俯视着毫无生机的海洋。

在纷乱的思绪中，他凭本能找到了一丝头绪。那是刚一开始就被耽搁了的。

他本来决定先去见卡普尔先生。卡普尔肯定能告诉他多得多的消息。但是，卡普尔先生旅游去了，要一个月才能回来。特伦特又找不到合适的理由催他。另外，在了解到马罗目前的状况之前，他并不想和马罗见面。他极力控制自己，别去做头号的傻事，别去麦特逊夫人的住所找她。他不能进去见她，但一想到隐藏在住宅附近可能被她看见，他的脸就要发烧。

他在旅馆里租了房间，开起了画室。在等待卡普尔先生回来的同时，他可以做些工作来打发时光。

到了周末，他想到一个主意，并迫不及待地去付诸实施。

记得最后一次见面时，她说过，她喜欢音乐。于是，特伦特那天晚上就去了歌剧院。从那以后，他便常去了。

每天晚上，他都会在歌剧院前厅的人群中快速地穿来穿去。每天晚上，他又都空手而回。这种侦查所得的内疚和激动，与一种习惯性的满足交织在一起。他也喜欢听音乐！只有音乐的魔力，才能给予他平静。

一天晚上，他走进歌剧院。匆匆地穿过衣着艳丽的人群时，他感到有人碰了一下他的胳膊。这令人难以置信却又确凿无疑的一碰，使他立时车转身来。

果然是她！

摆脱了忧伤和焦虑之后，她更是光彩照人了！穿着富有魅力的晚礼服，她在那里微笑着！

特伦特一时呆立当场。

她的呼吸也有些急促起来。跟特伦特打招呼的时候，她脸上、眼里，都透着勇敢的神情。

她只说了几句话。"我不想错过《特里斯坦》的每一个音符！"她说，"你也不应该错过！幕间休息的时候来看我吧！"她将包厢号告诉了特伦特。

十三 爱情大爆发

接下来两个月的时光，特伦特想想都禁不住战栗。他见到麦特逊夫人有五六次，每次她都是又客气又冷淡，既不像初次相识，又没有亲密之意，分寸掌握得恰到好处。这很使他困惑和烦恼。

在歌剧院，他们见面了。让他惊奇的是，她正和他从小就认识的华莱士夫人——一位很活跃的贵妇在一起。看样子，麦特逊夫人从意大利回来后，又回到了社交界。她说，她是在这些人的狩猎区里搭下帐篷时才认识他们的。特伦特的几个朋友当时就住在附近。这次会面他都不是自己了，显然极不自然，脸上发烧，只是呆呆地谈着他在波罗的海地区的冒险。他还不时地发现，自己完全是在和华莱士夫人谈话。这些印象后来虽然模糊了，却仍然使他觉得难堪。加入她们的谈话以后，麦特逊夫人完全失去了在大厅里招呼他时的那种激动神情。她很愉快地向特伦特说起了自己的旅游、在伦敦安顿的情况以及他们俩都认识的人们。

下半场演出时，特伦特就坐在包厢里。他坐在她们身后。他什么也没有听到，只是盯着她的脸庞、头发、肩膀和胳膊的曲线以及放在扶手上的手。那乌黑的头发似乎变成了一片不知边界、无路可寻却又令人神往的森林，引诱他去做致命的冒险……终于，他变得脸色苍白，精神溃败，只好十分客气地向她们告辞了。

第二次见到她，是在一所乡下的房子里。他们两个都是客人。再后来的几次会面，他都努力控制自己。他使自己的风度与她相称，想给人们留下举止文雅的印象。这都是因为——因为他是生活在迷惑、悔恨、盼望和痛苦之中。

从她的态度，他看不出丝毫特别之处。她读过他的手稿，并且清楚他在白房子里问她最后一个问题时所暗示的怀疑。这是毫无疑问的。她为什么能够这么坦率，就像对待世界上没有伤害过她的任何男人一样呢？

特伦特的直觉告诉他，虽然她的态度看来没有任何差别，但伤害已经造成，而且她也感觉到了。很少几次的短暂见面，他们也闲谈了起来。特伦特的直觉常会警告自己，她正在接近这个话题。每次他都靠着由于害怕而产生的机智，才把这个话题岔开。他做了两项决定。第一，完成了他在伦敦的使命之后就离开这里，远走高飞。他不再心急火燎地要知道什么事实了；他不想要任何东西来证实他的坚定信念，那就是他犯了一个大错，错误地理解了案情，误解了她的眼泪，使自己成为败坏他人名誉的傻瓜。他不再考虑马罗谋杀麦特逊先生的动机了。

卡普尔先生回到了伦敦，特伦特什么也没问。现在他才明白，卡普尔先生说过的那些话没错——特伦特记住了它们，是因为他说话时强调的语气——"只要她认为自己是属于麦特逊先生的……谁也不能说服她……"他这一次见到麦特逊夫人，是在她姑父家的那座坟墓似的大房里吃晚餐的时候。几乎整个晚上，他都在和一个从柏林来的考古学教授交谈。

他的另一个决定是，他不能再单独和她待在一起了。

然而，几天之后，特伦特接到了她的信。她让他第二天下午去看她。这一次，特伦特没有找借口推脱。对他们来说，这是一次正式的挑战。

她上了茶。过了一小会儿，就轻松自然地开始和他兴奋地说起话来了。他说，那天他不得不怀疑是她决定要为难他，并且很严肃地说希望她现在已经有所转变。

她显然并不在乎这些，倾听的时候，面露微笑。这使他想起很早以前写的关于布伦瑞克公主的一段话："她的嘴具有十万分的销魂魅力。"自从那天晚上在歌剧院见面后，他已经不止一次想到这句话。麦特逊夫人领着特伦特在这个华丽的房间转了一圈，拿出从数百个古玩店买来的各种宝物，笑着讲述她寻觅、发现和讨价还价的经过。特伦特问她，是否乐意演奏一支他最爱听的曲子。麦特逊夫人马上就答应了。

她指法纯熟，他听着就像以前一样大受感动。等她演奏完毕，最后一个颤音消失之后，他轻轻地说："你真是一个天生的音乐家！未闻琴声之前，我就知道了。"

"自从记事以来，这个曲目我练过无数次了。弹琴对我来说，是一种安慰。"她侧过身子，笑着说，"你什么时候发现我喜欢音乐的？噢，当然，我去歌剧院。但是，那并不能说明什么，是不是？"

"当然不能。"他心不在焉地说，思绪沉浸在音乐里。"我想，我第一次见到你时就知道了。"话一出口，他意识到自己说了些什么，一下子变得紧张起来。过去的事情又被提起来了。

两人沉默了片刻。麦特逊夫人看了看特伦特，又马上移开了视线。她的脸开始发红，噘起的嘴唇像是要吹口哨似的。接着，她挑战似的动了动肩膀，突然从钢琴前站起来，坐到他对面的椅子上。

她看着自己的鞋尖，缓缓地说："你的话让咱们谈到正题了。我今天请你到这儿来是有目的的，特伦特先生。我不能再忍受下去。那天你离开白房子之后，我一直对自己说，在这件事上，你怎样看我都没有关系。你告诉我你要压下手稿的理由之后，我就知道你不会再对别人说了。我问自己，这会有什么关系呢。但是，我一直很清楚，这件事很重要，而且重要得可怕！因为你心中所想并非真正的事实。"

她抬起眼睛，冷静地望着他。特伦特则是一副毫无表情的面孔。

"自从认识你之后，"他不无严肃地说，"我就不再考虑那个问题了。"

"谢谢。"麦特逊夫人说，脸色突然变得绯红。她一边把玩着一只手套，一边补充道，"但是，我想让你知道什么是事实。"

"我不知道，我是否应该再见到你。"她接下去低声说道，"我想，要是再见到你，我就必须将这一切都告诉你。

我以为，这事不会太难。在我看来，你是一个通情达理的人。后来，我们真的相会了，我却发现，的确是难于启齿。是你使这件事变得这么困难的。"

"怎么会呢?"他轻轻问道。

"我也不知道。"夫人答道，"但是，是的——我知道。这是因为在你这里，是从未想过我会去做这种事情的。我总是想，如果我再次见到你，你就会用你问我最后一个问题时的那种冷酷可怕的目光看着我——你还记得吗——是在白房子里。可你却像其他熟人一样对待我了。你真是一个……"她犹豫了一下，摊开双手——"好人! 在歌剧院我们见面、说话之后，回到家里，我都一直在想，你是否真的认出了我。我是说，我想，你可能认出了我的脸，但并不记得我是谁了。"

特伦特不由自主地笑了一下，但什么也没说。

她略带歉意地笑了笑。"我并不记得你说出了我的名字。我想，有这种可能。但是，第二次在艾尔顿家时，你叫了我的名字。这样，我才清楚了。这些天来，有好几次，我差一点儿就对你直言相告了，但终究没有这样做。我开始感到是你不让我这么做。每当我接近这个话题，你就会岔开它。我说的不对吗? 请告诉我!"

特伦特点了点头。

"但这是为什么?"她问道。

他还是一言不发。

她说: "好吧，我要说完我必须说的话。然后，我希望你会告诉我，为什么你要把这件事弄得这么困难。我开始意识到是你不让我谈起这件事后，我的决心就更坚定了。我想，你并没有意识到，即使你不愿意，我也要说的。正像你想的那样，如果我有罪，就不会这样做了。你今天进到我这间客厅的时候，绝没想到我会这么做吧。不过，你现在知道了。"

麦特逊夫人犹豫不决的神情一扫而光。她履行自己的诺言，激昂地说了起来。很长时间以来，她感到自己已经成为这个案件的中心人物，这使她烦恼不堪。今天这一席话，她便是要消除这个误解。

"我要讲一讲你所犯的错误。"她接着说。

特伦特两只于放在膝盖中间，仍旧不动声色地看着她。

"你一定要相信我的话，特伦特先生。由于混乱、隐情、错综复杂的目的，以及非常自然的错误，谁也不会为了探明事实而反复思考。这很常见。请相信，我丝毫不是在责备你那么迅速就做出了结论，也从来没有责备过。你知道我和我丈夫之间关系的疏离，而且你也知道这常常意味着什么。我想，我不说你也知道了，他对我抱有一种敌视的态度，而我却傻乎乎地试图解释清楚，把这事平息下去。我告诉过你，我在意识到这个可悲的事实之前，还拼命作过解释。我告诉过你，他对我很失望，是因为我不能在社交界成为什么令人瞩目的红人。这倒是真的，他说对了。但是，我看得出来，你当时并不相信这一点。你猜测到了我花了好长时间才意识到的事情。我根本以为，这是十分荒谬的。是的，我丈夫在嫉妒约翰·马罗。你也分析到了这一点。

"当你告诉我这一点的时候，我的举止就像一个傻瓜。你知道，这是多么大的打击啊！当时我还以为所有的羞辱和紧张都结束了，他的幻想连同他本人一起死掉了。你问我，我丈夫的秘书是不是我的情人，特伦特先生——我一定要说到这一点！我想让你明白，为什么当时我一听之下便崩溃了，而且后来怒不可遏。你因此以为我招供了，并且认为我有罪，你甚至还认为我参与了犯罪！而我也承认了这一点……这的确伤害了我！也许，你当时想不出其他的理由来解释这一切了。"

特伦特一直没有把视线从她的脸上移开。听到这些话，他的头不由得低下去了。麦特逊夫人往下说的时候，他再也没有抬起头来。

"这对我不但是一个打击，而且让人悲痛。我挺不住了！我又想起那些疯狂的怀疑给我带来的一切痛苦。等我振作起来的时候，你已经走了。"

她站起身来，走到窗户旁边的写字台前，打开一个抽屉，从里面取出一个封好的信封。

"这是你留给我的手稿。"她说，"我读了一遍又一遍。我像其他人一样，一直为你在这类事情上的聪明才智感到惊奇。"她脸上闪过一丝顽皮的微笑。"特伦特先生，你的文章写得非常精彩——我几乎忘了这写的是我。我现在想说的是，我手里拿着稿子的时候，对你的宽洪大量和仁慈是怎样的感谢之情！你宁愿放弃自己的胜利，也不想毁掉一个女人的声誉。如果一切都像你想象的那样，当警察审理你交给他们的案子时，事情就会真相大白了。相信我，我理解你所做的一切，甚至在我几乎要被你的怀疑压垮的时候，我也是非常感谢你的。"

她说到"感谢"二字的时候，声音有点儿发颤，眼里闪动着光芒。特伦特一点儿也没有察觉到这些。他还是低着头，好像什么都没听见。麦特逊夫人把信封放在他的手里。

这轻轻的一碰，使他抬起头来。"你能——"他开始缓缓地说。

她站在他面前，摆了一下手。"不，特伦特先生，先让我讲完吧！僵局终于打破了！这对我来说，真是难以言说的解脱。"

她坐回自己的沙发。"我告诉你一件无人知晓的事情。我想，尽管我尽力掩盖，谁都知道我和我丈夫之间有些不和。但是，我并不认为，世界上会有人猜到我丈夫的打算了。我相信，了解我的人都不会认为我有那种见不得人的事。但是，他的幻想却偏偏荒唐透顶，恰恰与事实相悖。我告诉你是怎么一回事。马罗自从来到我们这儿以后，对我一直很友好。他非常聪明——我丈夫说他的脑子比所有人的脑子都好使——我实际上是把他当成孩子看的。你知道，我年龄只比他大一点儿。但他有一点儿胸无大志，这使我觉得比他大了不少。有一天，我丈夫问我，什么是马罗最大的优点。我不假思索地说，'他的举止'。使我惊讶的是，他恶狠狠地瞪了我一眼。沉默了一会儿后，他眼睛望着别处说：'是的，马罗是一个有教养的人！这是真的！'

"这事后来就一直没再提起过。直到一年以前，我发现马罗做了我一直希望他做的事情——他和一个美国女孩子爱得难舍难分。让我惊讶的是，他选择了一个最不可取的姑娘。她是一位有钱人家的孩子，娇生惯养。她很漂亮，有教养，而且非常擅长运动——他们称她是女运动员——她除了对娱乐感兴趣外，对世界上其他事情都漠不关心。她是我认识的一个很放荡的女孩，而且也很聪明。大家都知道这一点，马罗先生也一定听说过。但是，她把马罗愚弄了。我不知道她是怎么做到的，不过，我可以想象出来。她当然喜欢马罗，但在我看来，她不过是在玩弄他。整个事情都是那么愚蠢，我非常生气。有一天，我让马罗在湖上帮我划船——所有这一切，都发生在我们房子附近的乔治湖上。我们以前从未单独在一起过。在船上，我和他谈了话。我想，我当时谈得非常诚恳，他听着也很钦佩。但是，他一点儿也不相信我的话。他谨慎地告诉我，我误解了爱丽斯的天性。我向他暗示他的前景——我知道自己几乎是一无所有——他说，如果她爱他，他就可以在世界上占有一席之地。我想，这会是真的。因为他有能力，还有他的那些朋友——他的交际很广，很有人缘。但是，在那之后不久，他就全明白了。

"我们回去的时候，我丈夫把我扶上岸。我记得，他和马罗还开了一句玩笑。那次以后，他对马罗没有过任何反常的态度。所以，我用了很长时间才意识到，他把马罗和我扯到一起了。那天晚上，他没怎么跟我说话——但并不生气。自从他在心里认定自己的看法之后，对我总是很冷淡。晚饭后，他只对我说了一句话。当马罗先生告诉我丈夫，他为肯塔基的农场买到了一匹马，我丈夫看了看我说：'马罗可能是一个有教养的人，但他在马的买卖中很少有不赔的时候。'我听到这话很惊奇，但当时——甚至他第二次发现我们俩在一起的时候——我都没有看出他的脑子里在想什么。那一次是在早晨，马罗先生收到那个女孩写来的一个亲密的小纸条，让他为她的订婚而祝贺。那是在我们纽约的房子里。早饭时，他看来好像很难受，我以为他病了。后来，我到他的工作间去，问他是怎么回事。他什么也没说，只是递给我那张纸条，随后就转向窗户。我非常高兴这一切都完结了，却也很为他难过。我记得我说了些什么。我记得，他站在那儿凝视着花园的时候，我把手放在了他的胳膊上。正在这时，我丈夫拿着文件出现门口。他仅仅瞥了我们一眼，就转身轻手轻脚地回他的书房去了。我想，他可能听到了我安慰马罗的话，他这样悄悄地走开很好。马罗先生对这一切既没有看见，也没有听见。那天上午我出去之后，我丈夫离开家到西部去了。我当时还是没有明白过来他是什么意思，他常常都会这样突然离去的。

"直到一个星期以后他回来时，我才看出一点儿苗头。他看起来面色苍白，而且冷淡。一见我，他就问马罗在哪里。他问话的语气，刹那间让我明白了一切。

"我几乎喘不过气来。我愤怒极了。你知道，特伦特先生，如果有人认为，我能公开和我丈夫脱离关系，和另一个男人出走，我想我一点儿也不会在乎。我敢说，我也许真的会那样做的。但是，那样怀疑……一个他所相信的人……还有那种不露声色的想法，把我气得满脸通红。我的心在沸腾，全身颤抖。我当时决心在言谈举止上绝不流露出我意识到他的这种想法，我要表现得像从前一样——我这样做了，直到最后。虽然我知道，我们之间出现了一面永远不会消失的墙——即使他要求我宽恕并且得到宽恕，这面墙也会依然如故——但我从来也没有表现出我注意到了什么变化。

"事情就这样持续着。我再也不能经受一次这样的折磨了。我们单独在一起的时候，我丈夫总是沉默寡言，既客气又冷淡——而且，这也是在无法回避的场合下才这样。他从来也没暗示过他脑子里在想什么。但是我感觉到了，他也知道我有所察觉。我们俩都固守着自己的态度。如果说有什么异常的话，就是他对马罗先生更加友好了——天知道这是为了什么。我想，他正在策划某种复仇，但这只是猜想罢了。马罗先生当然不知道自己受到了怀疑。他和我还是好朋友。不过，自从那次以后，我们再没有谈过什么亲密的事情。后来，我们来到英国，住进了白房子，接着就是——我丈夫可怕的结局。"

她挥了一下手。"其余的事情你都知道了，而且，比其他人知道的多得多。"她用不寻常的眼神瞥了特伦特一眼。

特伦特对她的目光感到惊奇。但是，惊奇只在他思绪中一掠而过。他的内心深处充满了感激之情，脸上又出现了快活的表情。夫人还没说完，他就意识到了这些话的真实性。从他们恢复交往的第一天起，他就开始怀疑自己在白房子里想象出来的情节是否属实。一直以来，他还认为自己的想象很有基础呢。

他说："我不知道，我应该怎样开始自己的道歉。意识到我的怀疑是由于不成熟和过于自信导致的错误时，我简直无法形容自己羞耻和惭愧。是的，我怀疑过——你！我几乎忘记了我是一个很傻的人。几乎忘记——但还没有完全忘掉。独自一人的时候，就会想起这个错误，为此非常自卑。我曾经尽力想要查究出事情的真相，而且试图取得谅解。"

她打断了他的话。"别这么说！特伦特先生，理智些吧！你在整个案件的调查过程中只见过我两次呀。"那种不同寻常的表情又在她脸上显现了，却是一闪而过。

"要是谈到什么愚蠢的话，像你这样的人认为我浑身上下都写满了'清白'，那才真叫愚蠢呢——你只见过我两次，就完全不去顾及那些不利于我的强有力的罪证，不是愚蠢又是什么？"

"'像你这样的人'是什么意思？"他问道，口气显得很急躁。"你以为我连正常的直觉都没有了吗？我并不是说，你给人留下的印象仅是性格单纯透明——就像卡尔文·波拉先生形容一个透雕的盒子一样！我并不是说，一个陌生人就能断然肯定你没有邪恶之念！我是说，一个人见了你，感受到你所有的气质之后，竟把你和我所想象的那种特殊的憎恨联系起来，他就必定是一个傻瓜——这种傻瓜害怕相信自己的感官。至于你说的，我让你难于旧事重提，倒是真的。这不过是道德上的胆怯罢了。我很清楚，你希望知道事情的真相，但我宁愿不去讨论我所犯的错误。我试图用我的行动向你表明，一切就像从未发生过。我希望你一言不发就宽恕了我。我不能饶恕自己，永远不能。不过，如果你能知道——"他突然停住了，然后又轻轻补充道，"好啦，你接受这些道歉吗……"他很蹩脚地结束了自己的谈话。

麦特逊太太笑了起来。这笑声使他忘掉了一切。他明白，这突如其来的一连串笑声完全是发自内心的欢乐。他多少次努力让她高兴，正是为了要听到这个声音。

"你只要怀疑了自己的判断，就总能千方百计把事情探个水落石出。这的确让人高兴。啊，我们俩真的都笑了。在那段可怕的时光里，我本该把这些都告诉你。看来，现在还为时未晚。你知道，现在一切都过去了。我们以后不要再提这件事了。"她说。

"我也这么想。"特伦特松了一口气，说，"如果你决定这样仁慈地了结这件事，我也不会非让你冲我发一顿脾气不可了。麦特逊夫人，现在，我该走了。"说着，特伦特站了起来。

"你说的对。"她说，"但是，别走！等一等！还有一件事——我们既然谈到了，就把所有细节都说完。请坐下！"她从桌上拿起装有特伦特手稿的那个信封。"我想谈一谈这个。"

他皱着眉头，疑惑地望着她。"如果你想谈，就谈吧。"他谨慎地说，"我非常想知道一件事。"

"你说！"

"既然我压下手稿的理由只是出于一种幻想，那你为什么不利用这一点呢？我意识到自己对你的看法纯属错误之后，就把你的沉默理解为：不管别人做了什么事，你都不会把绳索套在他的脖子上。我理解这种感情。是这样吧？我想到的另一种可能性是，你了解一些可以为马罗的行为辩解或开脱的事情。也许你并非出于人道主义的顾虑，只是感到恐惧，害怕与一个谋杀案发生关系而抛头露面。在这样的案例中，许多重要的证人都被迫出庭作证。他们感到，这是笼罩在绞刑架阴影下的一种羞辱。"

麦特逊夫人用信封轻轻拍打着嘴唇。她并没有想要去掩饰自己的微笑。"特伦特先生，"她说，"我看，你没有想到另外一种可能性吧。"

"没有。"他现出疑惑的神色。

"我想说的是，你既冤枉了我又冤枉了马罗的那种可能性。不！你不必告诉我所有的证据都是无懈可击的。我知道这一点。但那是哪些事情的证据呢？是马罗那天晚上装扮成麦特逊，并从我房间的窗户逃跑而制造的不在犯罪现场的证据？我把你的信读了一遍又一遍，特伦特先生，我认为这些事情没有什么可怀疑的。"

特伦特眯起眼睛，凝视着她。沉默了一会儿，他一句话也没有说。

麦特逊夫人沉思着，用手展开裙子，像是在整理思绪。

"我没有利用你发现的任何事实。"她终于慢慢地说，"我想，这些材料很可能会置马罗先生于死地。"

"你说的没错。"特伦特不动声色地答道。

"而且，"夫人接着说。她望着他，目光里有理解的温情。"我知道，他是无辜的。我不想让他去冒那种险。"

又是一阵短暂的沉默。特伦特摸着自己的下巴，好像在思考什么。在他内心，一个微弱声音在说：这是非常正常而恰当的。这很有女子气。他喜欢她特有的这种女子气质。可以允许她——而且还不只是允许——把自己对朋友的忠诚信念置于最清晰的理智分析之上。然而，这又使他感到烦恼。他本可以接受她不那么肯定的信念。可是，她却说自己知道真相。"这太荒谬了！事实上，这很不像她。如果理智导致不愉快时就抛弃理智是女人的特点，如果麦特逊夫人具有这种特点，那么，她比他认识的任何一个女人都更有本事掩盖这一点。

"你是说，"他最后说，"马罗制造不在犯罪现场的假象是为了使他自己从一个实际上与他无关的罪行中解脱出来。他告诉了你他是无罪的吗？"

她有点儿不耐烦地笑了一下。"所以，你认为是他说服了我。不，不是这样。我只是肯定他没有犯罪。啊，你可能认为我很荒谬。不过，看一看你自己是多么荒谬吧，特伦特先生！刚才你很诚恳地对我说，你见了我、感受了我的气质之后还怀疑我，是很愚蠢的。"

特伦特坐在椅子上，微微一颤。

她看了他一眼，接着说："现在，我和我的气质都非常感激你！但是，我们也必须承认其他气质的权利。甚至在现在，我对马罗先生的气质的了解比你对我的气质的了解，要多得多。到那时止，我们经常见面已经有好几年了。我并不认为自己完全了解他，但是我的确知道他没有作案的本事。特伦特先生，对我来说，他实施一项谋杀就像你掏一个穷女人的腰包一样，都是难以置信的。我可以想象你能杀了一个人，如果这个人死有余辜，而且他也同样要杀死你。在某种情况下，我也可以杀人。但是，马罗先生不会，不管他遇到什么样的挑衅！他的性格是不可动摇的。他用冷静的大度看待人性！对任何事情，他都能为其找到存在的理由。这并不是装腔作势！你能看得出来，这是他的秉性。他从未说过，但这是不言自明的。有时候，这种秉性很令人恼火……譬如，我记得在美国，常听人们谈论私刑，他也在场。他可以坐在那儿一言不发，无动于衷，好像根本没有听见。但是，你可以感到他因此涌起的一阵阵厌恶。他真的厌恶而且痛恨对肉体的暴力。在某些方面，他是非常奇怪的人，特伦特先生。他给人一种感觉，似乎他会做出什么出人意料的事情——你了解这样的感觉吗？那天晚上他扮演了什么角色，我一无所知。但是，了解他的人是绝不会相信他会蓄意杀人的！"她的头摆动了一下，意味着她的谈话结束了。她向后靠在沙发上，静静地看着特伦特。

"那么，"特伦特说，他一直在聚精会神地听着，"我们又回到另外那两个可能性上来了。此前，我并不认为它们值得认真考虑。按你所说，他可能在自卫中杀了人，或者是失手杀了人。"

夫人点了点头。"阅读你的手稿时，我就想到了这两种可能。"

"我猜你跟我一样，想到这一点了。不论发生哪一种情况，对他来说，最自然、最安全的办法就是公开说明事实，而不是做出一系列欺骗的举动来。如果欺骗露馅的话，依照法律，他就是有罪之人了！"

"是的。"她不耐烦地说，"这一切让我想得头痛了。我想，可能杀人的不是他，但他却在庇护罪犯。细想之下，又觉得不可能。我解不透这个谜，就干脆放弃了。我能知道的是，马罗先生不是杀人犯。如果我将你的发现公开了，法官和陪审团就会认定他是凶手。我曾经暗自发誓，如果我们再见面的话，我要跟你将此事说清楚了。现在，我履行诺言了。"

特伦特用手托着下巴，凝视着地毯。他想要了解事实真相的愿望越来越强烈。麦特逊夫人对马罗性格的描述，他在私下里并不完全认同。但是，她的讲述很有说服力，使他无法无动于衷。他原来的看法有些动摇了。

"眼下，只剩下一件事了。"他抬起头说，"我一定要见到马罗。这事就此了结，实在让我无法安宁。我要了解事实真相。你能告诉我，"他突然停了一下，"我离开白房子以后，他有什么表现吗？"

"从那以后，我就再也没有见过他。"麦特逊夫人坦率地说，"你走了以后，我病了好几天，连房门都未迈出一步。等我能下床的时候，他已经走了，在伦敦和律师们一道料理后事。他没有来参加葬礼。接着，我就出国了。几周之后，他来信说，他已经完成了自己的使命，给了律师们力所能及的帮助。他十分感谢我，说我非常仁慈，并向我道别。他只字未提自己以后的打算。我感到特别奇怪的是，他压根儿没提我丈夫的死。我没有回信。既然已经知道了发生的一切，我就无法回信了。在那些日子里，一想到那天晚上的冒充者，我就不寒而栗。我再也不想见到他或收到他的来信了。"

"这么说，你是不知道他的情况了？"

"不知道，但我肯定伯顿姑父——就是你认识的卡普尔先生——可以告诉你。前不久，他告诉我说，他在伦敦见到了马罗先生，并且和他谈了话。"

她顿了一下，露出一丝顽皮的微笑。"我很想知道，你拆掉自己得意地拼凑起来的戏剧性场景之前，推测马罗会干什么呢。"

特伦特的脸一下子红了。"你真想知道吗？"他问。

"我在问你。"她平静地回答道。

"麦特逊夫人，你又一次让我感到难堪了。好吧，告诉你吧！我想，我旅行回到伦敦后很可能看到的现实就是：你和马罗已经结了婚，而且旅居国外了。"

她不动声色地听着他的话。"用他和我的钱在英国肯定不能舒适地生活。"她若有所思地说，"那时，他一无所有。"

他凝视着她——"目瞪口呆了！"这是她后来告诉他的话。当时，她只是有点儿窘迫地笑了笑。

"天啊，特伦特先生！我说了什么可怕的事情吗？你一定知道……我想，大家现在都明白……我肯定，我不止一次解释过……我如果再次结婚，就要失去我丈夫留给我的一切。"

这席话对特伦特的影响是很奇特的。刹那间，他的脸上满是诧异的神色。之后，他慢慢地控制住自己，神情紧张地坐在那里。麦特逊太太看到，他放在椅子扶手上的手渐渐变白，简直就像在等待外科手术的病人一样。

他用了比平时更低的声音，勉强回答道："我对此一无所知！"

"是这样的。"她抚弄着自己手指上的戒指，平静地说，"的确，特伦特先生。这种事情并不罕见。我想，我对此很高兴。首先，它使我免遭物议——至少从这件事广为人知的时候起——这是处于我这种境地的女人常常不得不忍受的。"

"毫无疑问！"他严肃地说，"那么……其次呢？"

她询问似的看着他。"啊！"她笑了起来，"第二点对我而言，就更是无所谓了。我还从未遇到过一个男人，愚蠢到想和一个寡妇结婚。她除了自私的性格、挥霍的习惯和爱好之外，只有父亲留给她的一丁点儿财产。"

她摇了摇头。这个姿势摧毁了特伦特的最后一点儿镇定。

"没有遇到这样的男人吗？天啊！"他叫道，猛地站起来，向前跨了一步。"那么，我要让你看看，金钱的气味并不总能窒息人的情感。我要结束这件事——我的事情。我要告诉你，我敢于说出口的话，有几十个比我更好的男人也想说出来，但他们归纳不出我所归纳的东西——这要厚着脸皮才行。他们害怕自己成为傻瓜，但我不怕。今天下午，你让我迸发了这种感情。"在这一连串的话语中，他大声笑着，并且伸出了双手。"看着我！这是本世纪的伟大景观：这个人说他爱你！并且请求你放弃大笔财产，站到他这一边来！"

她用手遮住脸。

他听见她断断续续地说："请……不要这样说！"

他答道："如果你允许我在离开之前说完我的话，对我来说，事情就大不一样了。也许这是无礼之举，但我就是要冒这个险！我想解脱我的灵魂！它需要做公开的表白！这是千真万确的！自从我见到你的第一天起，你就让我不安——你并不知道——那是你坐在马尔斯通镇悬崖边，向大海伸出双臂的时候。那时，你的美貌完全占据了我的脑海。我从你身边经过时，好像这个地方的一切生命都在风中和阳光下歌唱着你。歌声留在了我的耳际。但如果那就是一切的话，你的美貌对我来说，就只会是一种空荡的回忆而已。后来，我领着你从旅馆回到你家里，你的手放在我的胳膊上，在那一刻——发生了什么事情？我只知道，你强有力的魔力击中了我的要害。我永远不会忘记那一天，不管我生命中的爱会是什么。在此以前，我一直是以无所谓的心情来赞美平静湖泊的可爱的。但在那一天，我感到了湖泊的神力。第二天早晨，波浪被掀了起来，她出现了——我是怀着疑问来找你的。这些怀疑像病痛一样，将我折磨得精疲力竭。现在，我看到了你那没有被苍白和温顺掩盖的面庞——我看到你在感慨；你在焕发光彩；你的眼睛和手都充满了活力！然后，你使我明白了，你这样的人在以前那么长的时光里竟然充满了空虚，荒废了年华。我的胸中升起怒火，我的灵魂在呼喊。现在，我终于可以把一切都说出来了。因为你不可能爱我，所以，生活不会再是完美了！我永远成了你那黑发和迷人的声音的俘虏——"

"啊，别说了！"她叫道，突然把头向后一甩。

她的脸在燃烧，两手紧紧地抓着她座位旁边的垫子。她的话说得飞快，却不连贯，呼吸也变得急促起来。"你的话不会使我失去理智的。这一切，都意味着什么？我根本就不认识你，你好像变成了另外一个人了。我们已经不是孩子了！你忘记这一点了吗？你的话就像初恋中的男孩一样。这是愚蠢的，不真实的——你也许不知道，但是我清楚。我不要再听了。你怎么啦？"她有点儿呜咽地说，"像你这样的人，怎么会这么多愁善感？你的自制力到哪里去了？"

"没有了！"特伦特喊道，哈哈一笑。

"它消失得无影无踪了！我马上就去追它。"他严肃地看着她的眼睛。

"我现在不在乎什么了！在你那大宗财产的阴影下，我永远无法表白自己！阴影太深重了！在我看来，这种感情丝毫不值得称赞！实在说来，它就是懦弱——担心你会怎样想，你可能怎么说——也担心别人的议论。现在，阴云飘移过去了。我说过，我不在乎这些。我已经跟你实话实说了。我现在可以用冷静的头脑来思考了。你可以说它是多愁善感或别的什么，我并没有打算把它弄成科学实验报告。既然这使你恼火，就让它熄灭吧！不过，请你相信，这对你来说，也许是一出喜剧；但对我而言，却是严肃的。我说过我爱你，尊重你，将你当成是世界上最可爱的人。现在，请允许我告辞吧！"

但是，她向他伸出了双手。

十四　将计就计

　　"你要坚持的话，"特伦特说，"我想，我只有服从了。但我还是愿意等到你不在旁边的时候，再把一切写下来。不过，如果一定要我写的话，就给我一张比星星还白的纸片，或是给我一只唱赞美诗的天使的手。我只说要一张没有印上你地址的信纸。不要低估了我正在付出的牺牲。在我的人生中，还从没有过像现在这样讨厌写信呢。"

　　她给他拿来了纸和笔。

　　"写些什么呢?"他把钢笔悬在纸上问道，"我把他比作仲夏之日吗? 我该写些什么呢?"

　　"写你想写的嘛!"她建议道。

　　特伦特摇了摇头。"我想写的是——也就是在这二十四个小时里，我一直想告诉我遇到的每个男人、女人和孩子的是——'梅布尔和我订婚，万事大吉。'但是，要写一封非常正式也许还会闯祸的信，这样开头就不太好了。我已写下了'亲爱的马罗先生'。下面该写什么？"

"我给你寄一份手稿过去。"她提示道，"我想，你可能愿意看看吧。"

"你意识到了吗，"他说，"这句话里只有两个词是一个音节以上？这封信要给他留下深刻印象，而不是让他高枕无忧。我们一定要用音节丰富一些的词汇。"

"我看不出来这么做的理由。"她回答说，"我知道一般都是这样的，但这是为了什么？许多律师和商人给我写信，总是如此开头：'鉴于我们彼此间的联系……'或是诸如此类的长句子，而且通篇都是这样。可是，我见到他们的时候，他们却并不这样讲话。我觉得，这很滑稽。"

"这对他们来说，可是一点儿也不滑稽。"特伦特像松了一口气似的，把笔放在一边，站了起来。"让我来解释一下。我们这个民族不大喜欢动脑筋，只知道拣一些很简单的词汇来敷衍了事。多音节的单词是不同寻常的，就像其他不同寻常的事情一样。它们要么就是非常滑稽，要么就是庄严无比。以'智力预测'这个词为例。它如果用在欧洲其他任何国家，就一点儿也不会引起注意。但在我们这儿，它却已成为尽人皆知的谚语了。我们在演讲或重要文章中读到它时都会失声大笑起来。它已成了最好的表达方式了。为什么呢？因为它有两个多音节单词。其实，它表达的思想就像'冻羊肉'一样普普通通。后来又出现了'措辞的不准确性'这个词。我们一听到它，就会哄堂大笑。时至今日，这笑声还在回荡！可笑之处在于，这两个词都很长。当我们想要表明非常严肃的态度时，也会这么做的，也会用多音节单词来加强语气。律师只有在使用'根据转达给我方的种种意见'，或者类似莫名其妙的话作为开场白时，才会感到自己挣的是六十八个便士。别笑！这是本来的事！现在大陆人还没有这种感觉呢。为了几个词的使用，人们可没少费思量。结果，店主或农夫的日常生活用语在大部分英国臣民那里，却成了天书。我记得前些时候，我和一个朋友一道吃饭。他是巴黎的出租汽车司机。我们在中心邮局对面一个又脏又小的餐馆里用的餐。那儿的主顾都是出租汽车司机和搬运工人。谈话内容十分平常，没什么特别重大和离奇的。但出人意料的是，一个伦敦出租汽车司机竟是如此的难以理喻！'工作人员'、'难忘的'、'消灭'和'独立'这类词，竟成了饭桌上的通常用语了。将这些书面语挂在嘴边的却不过是些普普通通、粗俗快活、脸色通红的出租汽车司机。请注意……"

看到夫人走过来，拿起了他的钢笔，他连忙接着说："我提到这些，只是想要说明我的观点。我并不是说，出租汽车司机应该成为知识分子。我不这样认为。我同意济慈的话——英国是幸福的！纯朴天真的出租汽车司机是甜蜜的！他们那简单可爱的样子也真让我乐够了。但是，当你打算去寻找国家工业智囊团的组成人员时……怎么啦？你知道——"

"哦，不，不，我不知道！"麦特逊夫人叫道，"我现在什么也不知道！只知道我们要是想给马罗写信，你就必须住嘴了。你会无休无止地谈下去的。来吧！"她把钢笔放到他手里。

特伦特有点儿不高兴地看着笔。"我正告你，不要对我的谈话泼冷水！"

他沮丧地说："相信我，同不爱说话的男人生活在一起会要糟糕得多。我承认我这是在回避。这封信让我写来很觉别扭。写我不想写的那种信，就在你的眼皮底下，真叫人左右为难呢！"

她领着他走到写字台前，轻轻地把他推着坐到椅子上。"不过，还是请你试试吧！我想看看你是怎么写的，然后马上把它寄出去。你看，目前的这种情况我就已经非常满意了。但是你说了，你一定要探明事实真相。如果你一定要这样做，我希望早日看到水落石出。现在就写——只要你想，你就一定能写出来——写好了，我马上就把它寄送出去。你难道没有看出来——我盼着把这令人着急的信赶快送到邮局去！这样你就不再会去回忆它，也不用为它喋喋不休了！

"我按你希望的去做吧！"他说完，开始写了起来。发信地址是他的旅馆。

麦特逊夫人用温柔的目光望着他低下的头，柔滑的手不禁要去抚摸他那凌乱的头发。接着，她又自己把自己否决了。只是默默地走到钢琴前，开始轻轻地弹奏起来了。

过了十分钟，特伦特才开口。"如果他回复说无可奉告，该怎么办呢？"

麦特逊夫人扭转了头，看了看他。

"他当然不敢触动这根弦。他会说服你不去告发他！"

"我本来也没想要告发他呀。你不愿意让我这样做——你是这样说的：即使你愿意，我也不会这么做的。这事还有很多疑点呢。"

"但是，"她笑了，"可怜的马罗并不知道你不会这样做，是不是?"

特伦特叹了一口气。"荣誉是多么奇特的东西啊!"他心不在焉地说,"我知道哪些事情应该做,而且从不犹疑!你要是做了这些事,就会感到丢了面子——譬如把粗暴地侮辱了我的人打个鼻青脸肿,或是在屋子里晕头转向以后破口大骂。现在,你推荐我使用一种很圆滑的威胁来吓唬马罗。这种事连地狱里罪大恶极的魔鬼酒醉之后也不会干——好啦,不管怎么样,我不想这么做!"他继续写他的信去了。

夫人笑了笑,轻轻地弹起了钢琴。

又过了几分钟,特伦特说:"我最终会对他宽容以待的。你想看看吗?"

她跑过昏暗的房间,打开写字台边上的台灯。然后,靠在他肩膀上读起信来。

亲爱的马罗先生:

也许你还记得,去年六月,我们在马尔斯通镇极不愉快的那段日子里见过面。

那时我正在执行任务,作为一家报社的代表,对麦特逊先生之死做独立调查。我调查了,而且得出了某种结论。你可以由随信附上的手稿里得知这些情况。这份手稿本来要送给报社,由于某些不便说明的原因,我在最后一刻决定不将其公之于众了,也没把它交给你。这一切除了我之外,只有两个人知道。

读到这里,麦特逊夫人迅速抬起眼睛。她的黑眉毛拧在一起。"两个人?"她询问道。

"另一个是你的姑父。我昨天晚上找到他，告诉了他全部情况。你反对吗？过去一直都对他保密，我心里总感到不安。他总在期待着我将发现的一切告诉他。现在看来，我的沉默有些故弄玄虚了。该到了消除误会的时候了。你已经无须保护了，所以，我想让他知道全部情况。他有他自己的方法，也是一位非常精明的顾问。去见马罗的时候，我想让他和我一道。我感到，两个人比单刀赴会要好。"

她叹了一口气。"是的，那当然了。姑父应该知道真相。我希望不再有别的人知道了。"她握着他的双手，"我非常希望把那些恐惧埋葬掉——埋得深深的。我现在非常幸福，亲爱的。等你满足了好奇心、发现了一切、揭露了世界上所有欺骗以后，我会更高兴的。"她接着往下读。

然而最近，我对事实的理解使我改变了决定。我不是说我要公开登载我的发现，我只是决定要和你见面，请你私下说一说事情的真相。如果你的讲述会让事情的走向发生变化，我想你没有理由闭口不谈。

我希望你能来信告知，什么时间和什么地点我可以拜访你。你也可以来我的旅馆见我。无论如何，我希望卡普尔先生也在场。你还记得他吧。他已经读过附在信后的文章了。

你忠实的菲利浦·特伦特

"这是多么生硬的信啊！"她说，"我可以肯定，你在自己房间里怎么也写不出比这更生硬的信来了！"

特伦特把信和附件塞入一个长信封里。"是的。"他说，

"我想，这会把他惊得跳起来的。不能出任何差错。最好指派一个信使，把信送到他手中。他要是不在，信就不要留下。"

她点了点头。"我来安排吧。你在这儿等一会儿。"

麦特逊夫人回来的时候，他正在翻看乐谱柜。她在他旁边的地毯上坐下来，那条深褐色带波纹的裙子就拢在腿边。"将情况告诉我吧，特伦特。"她说。

"只要是我知道的。"

"昨天晚上见到姑父的时候，你告诉他关于——关于我们的事了吗?"

"没有。"他说，"我记得你没有说过让我告诉任何人。这要由你来决定马上让人们知道呢，还是再等一等，是不是?"

"你准备告诉他吗?"她看着自己紧握着的双手。"我希望你告诉他。如果你要猜出这是为什么的话……那就是，这件事已经定了!"她抬起眼睛再次望着他，两人沉默起来。

特伦特靠在长长的椅背上。"这是一个什么样的世界啊!"他说，"梅布尔，你弹弹那种表达纯粹愉快的曲子好吗? 那才是真正的曲子，毫无疯狂或是烦恼的情调，有的只是对这个世界的赞美。恶劣的情绪不会永远持续下去，我们还是尽快摆脱它吧。"

她走到钢琴前，一边沉思一边弹了几个和弦。然后，她全神贯注地弹起了《第九交响乐》最后一章的主旋律。乐声仿佛打开了天堂的大门。

十五　阴谋与反阴谋

　　房间从高处俯视着公园，靠窗有一张很大的旧桌子。房子很大，从布置和装饰上可以看出，主人很有些眼光，却又有浓厚的单身生活色彩。约翰·马罗打开抽屉，从最下面取出一个又长又厚的信封。

　　"我知道，"他对卡普尔说，"你读了这部手稿。"

　　"两天前读的。"卡普尔先生答道。他坐在一个沙发上，用温和的表情打量着房间。"我们已经充分讨论过了。"

　　马罗转向特伦特。"这是你的手稿。"他说着，把信封放到桌子上。"我已经读了三遍。我不相信还会有人能像你这样，了解这么多事实！"

　　特伦特没有理会这句恭维话。他坐在桌子旁，毫无表情地盯着炉火，两条长腿盘在桌下。"你的意思是说，"他说着，把信封拿过来，"现在要揭开更多的事实了。你愿意什么时候讲就什么时候讲。就我来说，希望这会是一段很详细的叙述，越详细越好。我想把事情了解清楚了。我想，我们俩都喜欢听你讲麦特逊先生以及你和他的关系的基本事实。从一开始我就认为，死者的性格肯定是案情的重要环节。"

"你说的对！"马罗冷冷地答道。他穿过房间，坐在墙角放着坐垫的火炉围杆上。"我尽量按你要求的讲吧！"

"我应该事先告诉你，"特伦特一边说，一边盯着他的眼睛，"我虽然是听你讲，但我还没有理由怀疑我做出的结论。"他拍了拍信封，"你要做的只是辩护——你明白这一点吗？"

"完全明白！"马罗冷静而且镇定自若，完全不同于一年半以前在马尔斯通镇特伦特见过的那个精疲力尽、忐忑不安的马罗。他那高大灵活的身躯与充满男性气质的声音很是般配。他眉毛端正，一双蓝眼睛清澈明亮。不过，当他停顿下来整理思绪的时候，眼睛中还流露出他们第一次见面时使特伦特感到不舒服的表情。只有嘴边的线条暗示出他明白自己的困难处境，并准备全力抗争。

"西格斯·麦特逊不是庸常之辈。"马罗用平静的声音说道，"我在美国见到的大多数人，都是由于不同寻常的贪婪，或是不同寻常的幸运，才成为富翁的。他们当中没有一个具有惊人的才智。麦特逊对不断增长的财富也很高兴，不断为之工作。他是一个独断专行的人。他很幸运，但是使他出类拔萃的却是他的智力。在他的国家里，人们也许会告诉你，他最惊人的特点是无情地追逐自己的目标。也有许许多多的人，他们要是能够制定出相同的计划，也会不顾一切地去实现这一目标。

"我不是说美国人不聪明。作为一个民族，他们比我们聪明十倍。但是，我从来没有见过有人能像麦特逊那样，为了谋求发迹，对每件事都是深谋远虑，莫不表现出了他天才的记忆力、顽强的信念和绝顶的聪明。媒体常把他誉为'华尔街的拿破仑'。但是，没有几个人像我一样知道这个词语到底有多么真实。首先，他好像从来没有忘记过任何可能对他有用的事情。他系统地研究跟他有关的商业情报，就像我曾经在书本上读到的当年拿破仑研究军事情报一样。给他的情报都要做成特殊形式的摘录，以便他能利用点滴时间看上一眼。这些东西他总是放在手边，只要稍微有空，就可以研究一下关于煤、麦子或是铁路的报告。然后，他就可以做出比其他任何人都要大胆、明智的计划。人们都知道，麦特逊从来不做显而易见的事情。但是，他们知道的仅此而已。他做的事情几乎总是出人意料，而且很有成就。人们曾经说，当华尔街受到骚扰时，只要一听说这个老家伙带着枪出去了，他的对手们就会乖乖地投降。我要向你们讲述的，也许会很长时间占据人们的脑海。麦特逊一边刮着脸，一边就能筹划好整个阴谋，直至最后一个细节。

"我过去曾想，他的印第安血统尽管非常微弱了，却与他的狡猾无情脱不了关系。奇怪的是，这种关系的存在只有他和我知道。当他让我把我的爱好用于研究他模糊不清的家谱的时候，我发现他有伊洛魁首领蒙杜尔和他法国妻子的血统。这位可怕的妇女人曾在两百年前统治过野蛮的原始部落。那时，麦特逊一家在宾夕法尼亚州边界的皮货交易中很活跃，不只一人和印第安女人结了婚。可以说，除了蒙杜尔的血统外，其他印第安血统也可能通过以前和后来的一些联姻，传给了麦特逊。通过调查，我知道，由家谱来看，美国人有许多土著人的血统，而且流传很广。新家族不断和旧家族通婚，使新家族的许多人都有了土著人的血缘——那时，他们也常常以此为豪。但在麦特逊看来，混血是一种耻辱。我想，这是随着战后黑人问题的不断恶化而形成的。当我将他的土著血统告诉他时，他大吃一惊，而且急于掩人耳目。当然，他活着的时候，我一直没有泄密。我看，他也是如此认为的。但是不久，他就对我产生了敌意。我也是从那时起，有了这种想法。那是在他去世的前一年。”

“麦特逊有什么明确的邪教行为吗？”卡普尔先生问道。这突如其来的问话使大家吃了一惊。

马罗想了想，“我从没有听说过！”他说，“据我所知，他从没有做过礼拜和祈祷，我也从没有听见他提过宗教。我真怀疑他是否还有“上帝”这个概念，或是他还能通过感情来了解上帝。但是我知道，他在孩提时代曾受过宗教教育，而且很偏重于道德方面。他的私生活由正统的眼光来看，无可非议。除了抽烟之外，他几乎过着苦行僧般的生活。跟他在一起四年，从未从他嘴里听到过谎话，但是其他形式的欺骗却是经常性的。他在愚弄别人时会毫不犹豫地采取行动，会利用市场上的各种诡计使人误入歧途。与此同时，他又小心谨慎，从来不在一件无足轻重的小事上直接撒谎。你能理解这样一个灵魂吗？麦特逊就是这样的，而且并不是独一无二的。我想，你可以把这种心理状态与士兵的心理状态作个比较。士兵本身是忠诚老实的人，但在欺骗敌人上却无所顾忌。职业的规则允许他这么做；而且就像许多商人认为的那样，生意也可以照此行事。对他们来说，商场才是永久的战场。"

"这真是一个令人悲哀的世界！"卡普尔先生说。

"你说的对！"马罗表示同意。"我刚才说到，如果麦特逊用的是肯定的口气，你就完全可以相信他的话。我第一次听他撒的弥天大谎是在他死的那天晚上。我相信，就是这个谎话，便使作为谋杀者的我免于绞刑了。"马罗仰起脸，望着头顶上的灯。

特伦特在椅子上坐立不安。"先不要说这个！"特伦特说，"你能准确告诉我们，同麦特逊相处的这几年里，你们究竟是什么关系吗？"

"自始至终，我们都处得很好。"马罗答道，"这不是友谊——他不是那种需要朋友的人——而是上司和他信赖的雇员之间的最好的关系。我在牛津大学拿到学位之后，就到他那儿当了私人秘书。本来，我应该和父亲一起做生意，就像我现在一样。但父亲建议我花一两年的时间去见见世面。秘书似乎是一个能学到各式各样经验的职位，我便做起了特伦特先生的秘书，由一两年扩展为四年。当时对这个职位的考核方式是我完全没有想到的，那就是国际象棋。"

听到这里，特伦特将他的话重复了一遍。"你知道吗，"他说着，站起来向马罗走去，"我们第一次见面的时候，引起我注意的第一件事是什么？是你的眼睛，马罗先生。当时，我不知道在哪里见过这双眼睛，但现在我知道了。这样的眼睛曾长在伟大的棋手尼克尔·柯察金的脸上。我曾和他同坐一个火车车厢达两天之久。我想从那以后，我就永远不会忘记下国际象棋的眼睛了。但是，当我看见你的这双眼睛时，却没能认出来。请原谅。"他突然停住话头，恢复了大理石般的漠然表情。

"我从小就下国际象棋，而且和许多优秀棋手对弈过。"马罗淡淡地说，"要是有天赋的话，这就是一种遗传天赋。和其他人一样，我大学期间的大部分时间都花在下棋上了，见人就上。在牛津大学，我想你也知道，会有无穷无尽的诱惑使人荒废学业去享乐，还能得到当局的鼓励。哦，在最后一个学期快要结束的时候，有一天，芒罗博士把我叫去了。我还从来没有赢过他。他说我的棋下得不错。我对他的称赞表示感谢。然后，他说，'他们告诉我，你也打猎。'我说，'偶尔为之。'他说，'你还能做其他事情吗?''不能。'我说。我不喜欢这种谈话的语气——老人常常会使人感到忐忑不安。他不很满意地哼了一声，然后告诉我说，刚才的问题都是替一个美国富商问的。他想要一个英国秘书，他说这人叫麦特逊。他好像从没听说过这个名字。这很可能，因为他根本不看报，而且三年来也没在校园外面睡过一夜。这位老先生说，他如果能够复习一下拼写，也可能有机会得到这个职位。因为这一职位的几项必不可少的要求是会下国际象棋、骑马和受过牛津大学的教育。

"这样，我就成了麦特逊的秘书。在很长一段时间里，我都非常喜欢这个职位。当你与一个正处于鼎盛时期的美国富豪在一起的时候，你就不会有许多乏味的时光。而且，这可以使我独立。那时，我父亲的生意遭受了一些严重的挫折，我非常高兴可以不向他要津贴来维持生活。第一年年底，麦特逊将我的薪酬涨了一倍。'这是一大笔钱。'他说，'但是，我想，我没有浪费他的钱!'你知道，他本来只要求我早晨陪着他骑马，晚上陪着他下棋，而我干的事情却比这些多得多。我照顾他的房子，俄亥俄州的农场，缅因州的射猎场、马匹、汽车和汽艇。我成了一个活的铁路时刻表、一个买雪茄的专家。我总是在学习一些东西。

"好啦，现在你们明白最后两三年里我和麦特逊的关系了。总的来说，这对于我是一段快乐的生活。我很忙；我的工作多样有趣；我也有时间消遣；有钱花。有一段时间我和一个姑娘有了来往，而且受了骗，心里很不愉快。但这件事却使我理解了麦特逊夫人超乎寻常的善良。"马罗说着，向卡普尔先生低头致意。"她可能已经告诉你了。至于她丈夫，尽管像你们知道的那样，最后几个月的举止受到了人们的指责，但是他从来也没有改变对我的态度。他以那种毫无感情色彩的方式待我很不错，很大方，我从没有感到他对讨价还价有什么不满——讨价还价是我们相处的基础。他对我的这种态度一直保持到最后。直到他临死的那天晚上，我突然发现，麦特逊在灵魂深处对我深恶痛绝。这个发现让我非常震惊。"

特伦特和卡普尔先生相互看了彼此一眼。

"你从来没有怀疑过他以前憎恨你吗？"特伦特问道。

卡普尔先生说："你认为是什么原因呢？"

"直到那天晚上，我才想到，"马罗答道，"他竟会对我那么厌恶。我不知道这有多长时间了，也想象不出事情为什么会变成这样。他死去之后，我一想起那些可怕的日子里发生的事情时，便不得不认为，这是一个疯子出于幻觉而导致的案件。他认为我和其他人一样，在策划反对他的阴谋。这样丧失理智的胡乱猜测肯定是他产生厌恶感的根源。但是谁能探测出一个疯子幻想的深渊呢？一个人为了把他痛恨的人送上绞刑架，就将自己判处死刑。对此，你们能理解吗？"

坐在椅子上的卡普尔先生身子猛地一震，"你是说麦特逊应该对自己的死负责吗？"他问道。

特伦特用不耐烦的眼神看了他一眼，然后继续全神贯注地盯着马罗的脸。

或许是一吐为快了，马罗的脸色现在不那么苍白阴沉了。

"是的。"马罗明确地说，而且盯着问话人的脸。

卡普尔先生点了点头。"在接下来对你的说法作出判断之前，"卡普尔先生非常严谨地说，"你认为麦特逊的思想状态是——"

"我们还是先听听情况吧！"特伦特打断了他的话，把一只手轻轻放在卡普先生的胳膊上。"你刚才告诉过我们，"他转向马罗说，"你和麦特逊之间的关系。现在，你能不能告诉我们那天晚上的事实？"

听到特伦特用几乎觉察不出的语气强调了"事实"，马罗脸红了。

他停顿了一下。"那个周日晚上，波拉、我、麦特逊及麦特逊夫人一起吃饭。"他认真地说，"就像以前一样，这顿晚饭麦特逊沉默寡言，情绪低落，都是我们在说话。我想，大约九点钟的时候，我们从桌子边站了起来。麦特逊夫人走进会客室，波拉到旅馆去看一位熟人。麦特逊让我到屋子后面的果园去，说要和我谈话。我们沿着小径，踱来踱去。走到僻静一点儿的地方，麦特逊抽着雪茄，和我说话时显得冷静而谨慎。他好像从来没有这么认真，这么温和过。他说，他想让我为他做一件重要的事情，说发生了一件大事，波拉对此一无所知,让我知道得越少越好。他让我完全按他说的去做,不要问原因。

"可以说,这看起来很有些麦特逊办事的特色。当他把一个人仅仅当作工具的时候,就是这样的。我被他这样使唤过好多回了。我向他保证,他可以相信我,并说我已经准备好了。'是现在吗?'他问道。我说当然是现在。

"他点了点头,然后说——我尽量重复他的原话——'好吧,你来做这件事。英国有个叫乔治·哈利斯的人,明天中午要乘从南安普敦到哈佛尔的船去巴黎——至少他现在是用这个名字。你还记得那个名字吗?''记得。'我说,'一周以前我去伦敦的时候,你让我在明天起航的船上用这个名字订了一个包舱。我把船票给你了。''船票在这儿。'说着,他从兜里掏了出来。

"'现在……'麦特逊对我说。他就像过去一样,每说一句话都要用雪茄烟头指我一下,'乔治·哈利斯明天不能离开伦敦了。我想让他就留在此地。我也想让波拉留在这儿。但是,得有人乘那条船走,把一些文件带到巴黎去。不然的话,我的计划就要付诸东流了。你能去吗?'我说,'当然可以!我听候吩咐!'

"他嘴里叼着雪茄说:'好吧,但这不是命令。这不是老板可以命令雇员去干的事情。关键在于,我现在正忙着的这笔交易是一件无论我或与我有关的知名人士都不能露面的事情。这一点是至关重要的。但是,我的对手既认得出我的脸,也认得出你的脸。如果他们知道我的秘书在某一时刻到巴黎去见某个人了,计划就全完了。'他把雪茄烟头扔掉,然后用询问的眼光看着我。

"'我不太喜欢这件差事，但是，我更不愿意让麦特逊感到苦恼。'我轻轻地说，'我可以隐瞒身份，而且尽力而为。'我告诉他，我很善于化装。

"他点头同意了。他说，'这很好。我认为你不会让我失望的。'然后，他指示我说，'你现在就去开车！'他说，'去南安普敦——眼下没有合适的火车。你得开一夜汽车。顺利的话，你该在明天早晨六点到达。无论什么时候到那儿，你都要将车直接开往贝德福旅馆，去找乔治·哈利斯。如果他在那儿，就告诉他说，你要替他去，让他往我这儿打电话。让他尽早知道这件事非常重要。如果他不在那儿，就意味着他已经收到了我今天发给他的指示，没有去南安普敦了。那样你就不要再管他，等着船就行了。你可以用假名把车存在车库里——一定不要写我的名字。注意你乔装过的外貌——我不在乎怎样变，只要你化装得好就行。你就用乔治·哈利斯的名字旅行。你喜欢扮成什么样子都可以，但是一定要小心，不要和任何人交谈。到了之后，你就在圣彼得斯堡旅馆租一个房间。在那儿，你会收到一个捎给乔治·哈利斯的字条或口信，告诉他把我马上就要给你的公文包送到我所说的那个地方。公文包上了锁，但是你要仔细看管。这些你都清楚了吗？'

"我将他的话复述了一遍。我问他移交公文包之后是否可以回来。'想多快回来都行！'他说，'注意这一点——无论发生什么事情，任何时候都不要和我联系。如果你在巴黎没有立刻联系上，就要等到你接上头为止——如果必要的话，可能等几天。但是，不要用任何方式跟我联系。明白了吗？尽快做好准备。我乘车送你一段。快点！'

"这就是我能回忆起来的那天晚上麦特逊跟我说的原话。我走进自己的房间，穿上白天穿的衣服，把一些日用品匆忙扔进一个长帆布用具袋里。我脑子里一片混乱，与其说是因为这件事的性质，倒不如说是因为它的突如其来。我记得，最后那次见面时我向你们讲过。"他转向特伦特。

"麦特逊具有美国人那种喜欢按小说情节行事的特点。在别的事情上也是如此。他乐于故弄玄虚和虚张声势。我在心里跟自己说，麦特逊就是这种脾气。拿着旅行袋，我匆匆忙忙下了楼，在图书室里见到了他。他递给我一个结实的皮制信匣，大约有八英寸长、六英寸宽，系着一条有锁的皮带。我正好可以把它塞进我衣服侧面的口袋里。然后，我到房子后面的车库，把汽车开了出来。

"我把车倒出来的时候，脑子里突然跳出了一个难于启齿的念头。我想起口袋里只有几个先令了。

"过去一段时间里，我很少携带现金。正是由于这个原因——我告诉你们，因为这是极为重要的一点，一会儿你们就会明白——当时我还得靠借钱过日子。和麦特逊在一起的时候，我总是大手大脚地花钱，而且很爱交际，有许多朋友。他们中的一些人是纽约的花花公子，除了花掉父母给的大笔钱财之外，便无事可做。不过，我的薪酬是很丰厚的，而且非常忙，简直没有时间和他们一起饱享挥霍之乐。后来，我仅仅由于好奇才开始从事投机买卖。投机买卖司空见惯——特别是在华尔街。我想，这很容易做。一开始我很幸运。我总是喜欢谨慎从事。到后来，便身不由己了。一周之内，我就年将薪酬花得干干净净，还欠了债。为此，我去找了麦特逊，告诉他我做了些什么，以及我的处境。他听完之后，冷冷一笑。然后，以我从未见过的同情心，从我的工资里预付了可以使我还清债务的钱。'不要再玩投机的把戏了!'这是他全部的话。

"那个周日晚上，麦特逊知道我在世界上简直是一文不名了。他知道波拉也了解这一点。他可能还知道，我在领到下一张支票之前，又向波拉借了一些零花钱，而下一次支票由于要扣我预付的工资，钱也不会很多。请你们记住，麦特逊知道这一点。

"我把车开出来以后，就到图书室向麦特逊讲了我的困难。

"后来的事尽管很小，却使我第一次意识到，一件不同寻常的事情正在发生。我一提到'费用'这个词，他的手就机械地伸向臀部左边的口袋。在那儿，他的小钱夹里总有大约一百英镑的现金。他的这个动作我已经习以为常了，看到他的手突然停了下来，我不由吃了一惊。更使我吃惊的是，他低声诅咒起来。我以前从未听过他诅咒。但是波拉告诉我，最近他们单独在一起的时候，他常常用这种方式表示恼怒。'他把钱包放错地方了吗?'我脑子里闪出这个疑问。但在我看来，这一点儿也不会影响他的计划。我来告诉你们这是为什么。一周以前，我去伦敦执行各式各样的任务，其中包括为乔治·哈利斯先生订船票。我从麦特逊的银行里取出了一千英镑，所有的钱都按照他的吩咐换成了小面额的钞票。我不知道这笔非同小可的现金会做什么用，但是我的确知道，那一大捆钱锁在图书室的抽屉里。这天早些时候，我还看见他坐在桌前用手指拨拉这些钱来着。

"麦特逊没有走向桌子，却站在那儿看着我。他脸上满是愤怒，但又慢慢地控制住了，眼睛变得冷峻起来。真是奇怪！'在车里等着！'他缓缓地说，'我去拿些钱。'我们走出图书室。我在大厅穿上外衣的时候，看见他走进了会客室。你们知道，会客室在门厅的另一边。

"我走到房前的草坪上，点燃一支烟，来回踱着步。我一再问自己，那一千镑到哪里去了。是否就在会客室里。如果在那儿，又是为了什么。我经过会客室一扇窗户的时候，注意到麦特逊夫人在薄薄的丝质窗帘上的身影。她站在写字台前。窗户开着，我经过的时候听见她说：'我这儿的钱还不到三十镑。够用吗？'我没有听见回答。紧接着，麦特逊的身影就和她的身影混合在一起。我听见点钱的嚓嚓声。然后，他站到窗边。我正要走开，就听见了这些话——这些话我可以准确地复述出来。惊讶使它们深深印在了我的记忆里——'我现在要出去了。马罗劝我在月光下开车兜兜风。他催得很急。他说也许会有助于我的睡眠。我想，他是对的。'

"我告诉过你们，长达四年的时间里，我从未听过麦特逊当面撒过谎，不论大谎还是小谎。我本以为自己理解了这个人奇怪而又肤浅的道德水平。可以肯定的是，如果他被迫去回答什么不可回避的问题，那么，他不是拒绝回答就是说实话。但是，我刚才听见的是什么？这不是对任何问题的回答。这是纯属自愿的陈述，措辞明确，而且完全是虚假的。难以想象的事情发生了！这好像是我熟知的一个人，在表示深切同情的那一刹那，突然在我脸上打了一巴掌。血液一下子涌到了我的头上。我站在草坪里，呆住了。我站在那儿，直到听见前门的脚步声。我让自己镇静下来，快步向汽车走去。他递给我一个里面装有金币和纸币的银行纸袋，'这里面的钱比你到那儿实际需要的还多！'他说。我机械地把它放进了兜里。

"我和麦特逊站在那儿，讨论了大约一分钟长途驾车要注意的问题——在极端激动的情况下还能进行一点儿思索，这是很不容易的。我曾经在白天沿着这条路开过几次车，我想，我当时说得既镇静又自然。我说话的时候，脑子里总是翻腾着一种突如其来的怀疑与恐惧。我不知道我怕什么。我只感到一种莫名其妙的恐惧，而且——不知道怎么回事——和麦特逊有关。我的心灵一旦对恐惧敞开大门，恐惧就像一支大军汹涌而入。我感到——心里也明白——什么事情出了问题，而且不祥；自己则是不祥之兆的目标。当然，麦特逊不是我的敌人。我的脑子飞快地转动，想知道他为什么要撒谎。血液总是撞击着我的耳膜说：'那笔钱到哪里去了？'理智在说，没有必要把这两件事联系在一起。我们出发了。汽车转一个弯，上了公路，但我只是下意识地握着方向盘在驾驶，偶尔说上一句毫无意义的废话。汽车在月光下行驶。我内心乱成一团，充满了模糊的惊恐。这比我以前感觉到的任何确切的恐惧都更为可怕。

"离住宅大约一英里的地方，你们记得吧，左侧有一个门，对面就是高尔夫球场。麦特逊说他要在那儿下车。我把车停了下来。'你都清楚了吗？'他问道。由于突然而至的紧张，我迫使自己回忆并重复了他给我的指示。'很好！'他说，'那就再见了。可别把那个小皮匣弄丢了。'当车从他身边慢慢开走的时候，我听见他最后这样说。"

马罗站起来，将手紧捂在眼睛上，脸由于激动而涨得通红。他有一种害怕回忆的表情。这使两个听众都沉默不语。他抖动了一下身子，双手放在背后，直挺挺地站在火炉前面。

"我想，你们都知道汽车的反光镜吧。"

特伦特迅速地点了点头，脸上充满了期待的表情。卡普尔先生对汽车怀有一种不过分激烈但又固执的偏见。他对此一无所知。

"这是一种小圆镜，或者是长方形的镜子。"马罗解释说，"装在司机前窗的右侧。镜子可以调整。司机不用回头，就可以从镜子里知道后面是否有车要超。这是标准配置，他车上就有一个。汽车往前开动的时候，麦特逊在我后面停止了讲话。这时，我从镜子里看见了一桩我希望能够忘记的事情。"

马罗沉默了一会儿，凝视着他前面的墙壁。

"那是麦特逊的脸。"他低沉地说，"他站在路边，离车只有几英尺远。月光照亮了他的面容，我从镜子里可以看见他。

"习惯性的动作真是不可思议。我驾驶汽车时，手脚就像是机械一般，从不乱动的。这使我压住了震惊，依旧不动声色地开着车。你们一定从书本上读到过人的眼睛里透出地狱之光的比喻。你们也许不知道，这是一个多么形象的比喻！我要是不知道麦特逊在那儿，我就不会认出这是他了。这是一个疯子的面容，由于愤怒而变得扭曲可怕！他的牙是光秃秃的，露出残忍而得意的狞笑。那双眼睛……在反光镜里我只瞥见了他的脸，一点儿都没有看见他的动作。这个景象一闪而过。汽车继续往前开，不断加速。开着开着，我的思维突然冲破了疑惑的迷雾，就像我脚下的发动机一样运转起来。

我全明白了。

"你在稿子里说过,特伦特先生,人的各种思路会迅速而自动地排列组合,形成新的具有启发性的见解。这是千真万确的。可怕的敌意从那双几乎要迸出来的眼珠里喷射出来。它像一束探照灯的光柱,射进了我的脑海。我可以清醒地思维了,而且十分冷静。我知道自己害怕的是什么——至少知道害怕的是谁了。我的本能警告我,现在不是感情用事的时候。那个人恨我恨得发狂。这一令人难以置信的事实,我是突然之间知道的。他的脸色告诉我的却不只是这些。那是一张满足的脸,它宣布了邪恶的胜利。他凝视着我驱车走向灾难的深渊。这一点对我来说,同样不言自明。但那是一种什么样的灾难呢?

"我停下汽车。这时,我已经走了大约二百五十码远,正处公路的急转弯。从这儿,已看不见麦特逊下车的地方了。我向后靠在椅子里,思索着这一切。我马上要出事了,在巴黎吗?很可能——不然,为什么要用钱和船票把我派到那儿去?为什么是巴黎?我大惑不解。对巴黎,我知之不多。放下了巴黎,我转向那天晚上引人注意的其他事情上来。他撒谎说,是我'劝他在月光下兜兜风'。这个谎言的目的是什么?麦特逊将独自回去,而我则驶往南安普敦。他会对别人说些什么呢?怎样解释他独自一人回去,却不见了车?想到这个不祥的问题时,我脑子里又涌现出了最后的难题:'那一千英镑哪里去了?'就在这一瞬,我得到答案了。'那一千英镑就在我的口袋里!'

"我站了起来,迈出车子。我的膝盖在发抖,实在恶心得很!我想,我明白这个阴谋了。什么文件以及文件必须送到巴黎去！这一切全都是诱饵！我手里拿着麦特逊的钱！他可以宣称，是我抢劫了他。在别人看来，我显然是想从英国逃走。为了作案，事先想好了各种逃脱办法。他会马上报警，并告诉警察我的逃跑路线。如果以假名住旅馆，把汽车用假名字存下，化了装，并且乘坐我预先用假名订好的船舱，我在巴黎就会被抓起来。这显然是一个没钱的人犯下的罪。罪犯由于某种原因，不顾一切地要得到这笔钱。至于我对这件事情的解释，则肯定会显得十分荒谬。

"我眼前陡然出现了这种嫁祸于人的可怕前景，于是我把这个结实的信件匣从兜里掏了出来。在这种紧急关头，我一点儿也没有怀疑自己的判断——钱肯定在里面。拿走大叠的钞票是很容易的事情。但是当我抚摸着信匣，并且在手里掂着分量时，觉得里面一定不只是钞票。这匣子太大了。还要给我添加什么罪责呢？毕竟，我不至于为了一千英镑去冒坐牢的险。我又紧张起来，不由自主地抓住捆着匣子的带子，并把锁扣拔了出来。你们知道，一般说来，这种锁不难撬开。"

马罗停下来，走到窗前的桌旁。他打开了一个里面装着各式各样东西的抽屉，拿出一个装有各种钥匙的盒子，从里面拣出一个系着粉色飘带的小钥匙。

他把钥匙递给特伦特。"我把它带在身边，作为一种可怕的纪念品。这把钥匙的锁被我弄坏了。我当时要是知道这把钥匙就在我大衣左边的口袋里，就用不着这么麻烦了。一定是趁我的大衣挂在大厅、或是在车里坐在我旁边的时候，他把钥匙塞进了我口袋。我很可能好几个星期也找不到这小玩意儿。实际上，麦特逊死了两天之后，我才找到它。但是，警察只用五分钟就能搜查到。那时候，我兜里有这个匣子和里面的东西，用的是假名，还有假眼镜和其他玩意儿，根本就别想把自己洗刷干净了。但是，我有一个非常令人信服的证据，就是我并不知道钥匙放在兜里。"

特伦特捏住带子，随意地晃动了一下钥匙。"你怎么知道这是开那个匣子的钥匙？"过了一会儿，他迅捷地问道。

"我试过。我一发现钥匙，就用它来试开这把锁。我知道，我把锁放在哪儿了。特伦特先生，难道你不知道吗？"马罗的声音里带有一丝嘲笑。

"有意思！"特伦特说着，笑了一下。"我在麦特逊房间的梳妆台上发现了一个空的大信匣。锁被弄坏了，和别的小东西放在一起。你说，是你放在那儿的。我无法理解。"他说完，便又紧闭了嘴唇。

"没有必要把它藏起来。"马罗说道，"回到我的叙述上来吧！我扭开了锁，在车灯下打开匣子。我第一眼看见的东西应该是意料之中的一千英镑。但是，我没有想到。"他停了一下，看了一眼特伦特。

"那是——"特伦特不由自主地说，接着，又打住了自己的话头。"如果你不介意的话，以后不要再让我来引出话题了。"他盯着对方的眼睛说，"我在稿子里已经赞扬了你的机智。你用不着让法官来帮助你说明证据，以此来证实你的机智。"

"好吧。"马罗同意地说，"我总是忍不住。如果你当时处于我的境地，那么，在打开匣子之前，你就会知道麦特逊的小钱包在里面。我一看见它，就想起我向他要钱的时候，他没有带这个钱包，而且还恼怒不堪。他走错了一步。他早已把钱包以及其他可以证明我行窃的东西打点好了。我打开钱包，里面装着几张钞票，跟往常一样多。我没有数。

"匣子的夹层里还有很多钞票，和从伦敦带来时一样。与这些东西放在一起的还有两个软软的小皮袋子。这两个袋子我很熟悉。我的心又剧烈地跳动起来，因为这也是完全出乎我的意料。这两个袋子里放着麦特逊过去买的宝石。我没有打开这两个袋子，但是我可以感到，在手指的触摸下，这些小石头在滚来滚去。我不知道这里面的东西价值多少。我们本以为，麦特逊买宝石只是出于一时的投机之乐。现在我明白了，这是要毁掉我的计划中最早的行动。要指控一个抢劫他的人，就必须摆出强有力的证据。这里的证据已经非常有力了。

"一切都真相大白了，我必须采取行动。我是在距离住宅大约一英里的地方同麦特逊分手的。他得用二十分钟，走得快的话，要用十五分钟才能回到住宅。回去以后，他会马上讲述他被抢劫的经过。很可能，他还会立即电话通知主教桥的警察局。现在，他走了只有五六分钟的时间。在他回到住宅之前，我开车很容易就能赶上他。这会是一次尴尬的见面。我要把对他的看法和盘托出。想到这一点，我就把牙咬得紧紧的。我的恐惧一扫而光，心里感到十分得意。也许没有人会真的盼望和麦特逊有一次尴尬的会面，但当时我已经气疯了。我的名誉和自由受到了可恶的暗算。我没有考虑会面的后果，只有听其自然了。

"我发动了汽车，掉转方向，高速向白房子驶去。突然，我听见右前方一声枪响。

"我马上停住车。我的第一个想法是，麦特逊正在向我开枪。接着，我意识到这响声离得并不太近。虽然月光照在公路上，但我一个人也没有看见。麦特逊是在转弯处下的车，离我现在大约还有一百码。过了半分钟左右，我又发动了车子，慢速来到转弯处。我一个急刹车，坐在那儿惊呆了。

"麦特逊躺在离我几步远的地方，死在球场内的草地上。月光下，我可以看得一清二楚。"

马罗又停顿了一下，特伦特皱着眉头问道："是在高尔夫球场上吗？"

"显然是这样！"卡普尔先生说，"第八块草坪正好在那儿。"马罗越往下讲，卡普尔先生的兴致像是越高了。他竟兴奋地捋起他那稀疏的胡须来了。

"对。离界标很近。"马罗说道，"他仰面朝天地躺在那里，胳膊摊开；上衣和厚厚的大衣都敞开着。月光可怕地照在他脸上及衬衣的前胸，映出他那光秃秃的牙床和一只眼睛。另一只……你们都看见了。人肯定是死了。我坐在那儿不知所措，脑子里一片空白。我可以看见一道细细的深色血流从伤口流到耳朵上，尸体附近躺着他那顶黑色软帽，脚旁有一支手枪。

"我绝望地盯着尸体，看了有几秒钟。然后，我站起身，吃力地向尸体走去。我意识到，自己正处于万分危险的境地。这个疯子不仅仅毁了我的自由和名誉——他的计划是让我去死，身败名裂地死在绞刑架上——使我最吃惊的是，他竟然毫不犹豫地结束了自己的生命。这个生命显然早已受到忧郁症患者自我毁灭冲动的威胁——自杀的最后痛苦变成了魔鬼般的欢乐。他认为，他把我的生命也一起带走了。我当时是那样的绝望。作为一个贼，麦特逊的告发就已经使我走投无路了。现在，针对他的尸体的告发，我作为一个谋杀者，又会怎样呢？

"我捡起手枪。发现那是我的枪，但我没有惊讶。麦特逊一定是趁我开车的时候从我房间拿走的。我还想起来，正是由于麦特逊的建议，我才在枪上刻下了自己的姓名，好跟他那一模一样的枪区别开来。

"我弯下身子，满意地看到他已经死了。我在这儿必须告诉你们，我当时或后来都没注意到他手腕上的伤痕。这些伤痕可以证明他曾经和袭击者进行过搏斗。但是，我毫不怀疑，这是麦特逊在开枪之前故意抓伤的。这正是他计划中的一部分。

"我从未注意到这个细节，但是，看着他的尸体时我发现，麦特逊在临死的最后一刻也没有忘记让法庭排除自杀的可能，以便让我和他的死脱不了关系。他极力将握枪的手臂伸直，使脸上没有烟熏或火烧的痕迹；伤口干干净净，而且已经不再流血。我站起来，在草坪里来回走着，思考这个陷害我的案件的要点。

"我是最后一个被人看到与麦特逊在一起的人。我听他跟妻子撒谎。后来才知道，他也对男管家撒谎说，我劝他一起出去开车兜风。从此，再也没有回来。是我的手枪打死了他。发现了他的阴谋之后，我没有逃跑，化装，占有宝石。但是，这又有什么用呢？还有什么希望？我能干些什么呢？"

马罗走到桌子旁，双手撑着桌子，将身子探了过来，认真地说："我要尽量让他们明白，我决定采取行动时脑子里在想什么。我希望你们耐心听，因为我必须告诉你们。你们可能会认为，我的行动就像一个傻子。警察毕竟没有怀疑我。

我在草坪走了大约一刻钟，把这件事思考周全，就像下棋一样。我必须想好以后的几步，而且必须冷静下来。我的安全取决于如何打乱这个老谋深算者的计划。我得记住，尽管我知道不少，却还是存在着我不知道的阴谋。这些细节也会毁了我。

"我马上想到了两个简单的方法。但任何一种都肯定会要了我的命。第一种方法是，把死人送回去，讲明我的情况，把钱和宝石都交出去，相信真理和清白的拯救力量。想到这儿，我自己都觉得可笑了。我看见自己把尸体带回去，结结巴巴地讲述这个完全得不到证实的荒谬故事，就像以疯狂的憎恨、残忍的背叛来控诉一个就我所知从来没有说过我坏话的人。在每个细节上，麦特逊都比我精明。这个阴谋的特点就在于他小心地隐瞒了他对我的仇恨。只有一个具有难以想象的自制力的人才能做到这一点。你们可以看出来，我陈述中的每一件事在麦特逊之死的阴影下都变成了愚蠢的谎言。我努力想象我向辩护律师陈述时的情景。我可以想象出来他会以什么样的表情来倾听。我可以猜测到他的反应：将这样一堆大杂烩在法庭上和盘托出，就会免去你的死刑吗？

"是的，我没有逃跑。我把尸体抬了回去；我把那笔财产交了出去。但是，这些又怎么能帮得了我的忙呢？这只会表明，我在杀了主人之后屈服于突如其来的恐怖，没有胆量攫取犯罪的成果。也许这还意味着，我本来没有要杀死他，只是想吓唬他一下。但当我发现自己犯了杀人罪，就吓得魂不附体了。不论是哪一种解释，我都没有希望洗清自己。

"第二种显而易见的方法就是，接受形势给予我的暗示，马上逃走。这也必定是致命的。尸体就在这里。我没有时间把它藏起来，第一轮系统的搜查就会找到它。无论我怎样安置尸体，麦特逊没有回家这件事最多在两三个小时之内就会在家里引起骚动。马丁会怀疑出了车祸，并且通知警察局。天亮以后，公路上就会开始搜查，并且向每个方向发出调查电报。警察会按照谋杀发生的可能性采取行动。他们会就麦特逊失踪一事撒下天罗地网。港口和火车站都会受到监视。二十四小时之内就能找到尸体，而且整个国家——甚至整个欧洲——都会通缉我。我不相信，在基督教世界里，有哪一块地方可以使被指控谋杀了麦特逊的人逍遥法外。每张报纸都会向人们报告他死去的消息；每个陌生人都将是可疑的；每个男人、女人和孩子都会是侦探。我完全明白，如果我不得不在这两个毫无希望的办法中进行选择，那么，我就得准备毫无希望地陈述这些十分荒谬的事实。

"我极力想象出一个比事实更合乎情理的过程来。我可以用谎言逃脱死罪吗？我编出了一个又一个谎话。现在，我用不着去回忆它们了。每个谎话都有各自的漏洞和危险。每个谎话都无法解释这一事实——或者说被人们认为的事实——那就是，是我引诱麦特逊和我一起出去的，他却没有活着回来。我在死人身边踱来踱去，将一个又一个想法飞快地否决了。随着时间的推移，噩梦在一轮强过一轮地向我压来。突然，一个奇特的念头产生了。

"高度紧张之中，我好几次不自觉地重复了麦特逊告诉他妻子的话，说是我引诱他出去的——'马罗劝我在月光下开车兜兜风。他催得很急。'我突然发现，尽管没有故意模仿，我却用了麦特逊的声音在说话。

"就像你发现的那样，特伦特先生，我有天生的模仿才能。我许多次模仿麦特逊的声音都非常成功，连波拉都给我骗过去了。麦特逊和他在一起的时间比他妻子在一起的时间还要多啊。你记得吧……"马罗转向卡普尔先生，"那是一种坚定而又生硬的声音，很有力量，非同一般！模仿起来很有意思，而且也很容易。我又小心地重复了一遍，就像这样——"他说了一遍。

卡普尔先生吃惊地瞪大了眼睛。

"三十秒钟之内，这个计划的简要步骤就在我脑子里形成了。我没有坐在那里等着想好细节。每秒钟都是宝贵的。我把尸体抬起来，放在汽车里，盖上一块地毯。我拿起那顶帽子和手枪。我相信草坪没有留下任何那天晚上行动的痕迹。我开车回白房子的时候，计划已经迅速而具体的成形了。我非常激动。这样，我就可以逃脱了！只要鼓起勇气来，一切都会很容易。先别管不寻常和不可能吧，我不会失败的。我真想高声喊叫了！

"快到房子的时候，我放慢了速度，仔细在路上开着车。什么动静也没有。我把车子拐进公路另一边的开阔地里，离院角的小门大约二十步远。车停在一个麦垛后面。戴着麦特逊的帽子，兜里装着手枪，我扛着尸体，摇摇晃晃地穿过洒满月光的公路和那扇小门。此时，所有的恐惧都被我抛在了脑后。靠着迅速的行动和坚强的神经，我想，我应该会成功的。"

马罗长长地出了一口气，跌坐在炉火边的大椅子上，掏出手绢，擦了擦头上的汗。

"接下来的事你们都知道了！"他说着，从旁边的盒子里拿出一支香烟点着了。

看到他拿着火柴的手有点儿颤抖，特伦特觉得自己的手也在颤抖了。

一阵短暂的沉默之后，马罗接着说："那双泄了密的鞋把我的脚夹得生疼，但我怎么也没有想到哪个地方会被撑坏。我知道，将尸体放在小棚附近时，是绝不能在松软的土地上留下脚印的，也不能在小棚和住宅之间留下痕迹。一进小门，我就把鞋脱掉了，把脚硬塞进他的鞋里。我把自己的鞋子、上衣和大衣都放在尸体旁边，准备完事之后再穿上。我在法式窗户外面松软的沙砾地上留下了明显的脚印，而且在粗毛地毯上留下了几个脚印。我把尸体身上的东西放进口袋里。这真令人毛骨悚然！当我把假牙从他嘴里取出来时，更是可怕。他的头——你们是不会想到这些的。当时，我并未感觉怎么样。你们知道，我是在把脑袋由绞刑套里往外抽啊。我真希望自己没有忘了将他的袖口放下来、把鞋子系得更好一些。把表放错口袋，更是一个天大的漏洞。这一切，我都是在匆忙之中进行的。

"顺便说一句，关于威士忌这一点，你错了。我只是喝了一小口，就没有再喝了。我把橱柜里的一个曲颈瓶灌满了，放在兜里。我还有整整一夜的焦虑和辛苦。我还不知道怎样渡过这一关。开车途中，我还得喝一两次。说到这一点，你在手稿里，为夜间这次旅行留出了相当宽裕的时间。你说要在六点以前开车到达南安普敦，即使开车快得像个魔鬼，也得最晚十二点离开马尔斯通镇。我直到十二点过了十分钟，才给尸体换上另一套衣服，并为他系上领带、表链、等等。然后，我才钻进汽车，把它发动起来。我想，谁也不会冒那种风险，夜间行车不开车前灯。现在，我一想起这事，身体就要战栗。

"我在屋子里做了些什么，就没有必要说了。马丁走了之后，我一边用手绢和桌子上的笔彻底擦拭退了子弹的手枪，一边认真地思考这个计划接下来要做的一切。我把几沓钞票、钱包和宝石都放在写字台里，用麦特逊的钥匙锁好了。上楼是最艰难的时刻。虽然我知道马丁坐在餐具室，不会看到我，但是，我很可能在走廊里就碰到人。我曾注意到，其他佣人上床睡觉以后，那个法国女佣有时还到处闲逛。我知道，波拉睡得很沉。麦特逊夫人，根据以往的经验，一般十一点就睡着了。我曾经想过，尽管我们都知道她婚姻很不美满，但可能是她睡觉的天赋帮助她保持了美貌和朝气。然而，上楼还是一件令人不安的事情。我时刻准备着，只要听到上面有声音，就立刻退回图书室。好在什么事也没发生。

"我上楼后第一件事，就是进到自己的房间，把手枪和子弹放回盒子。然后，我熄了灯，悄悄来到麦特逊的房间。

"你知道我在那儿要做什么。我得把鞋脱掉，放在门外；把麦特逊的上衣、马甲、裤子和黑领带放下；把所有的东西从衣兜里取出来；然后，为尸体选择了一套衣服、领带和鞋子；再把碗从盥洗盆那儿拿到床边，把义齿放进去。我做这些事情时，留下了倒霉的指纹。抽屉上的指纹一定是我拿出领带、推回抽屉时留下的。然后，我得躺在床上翻来覆去。这一切你都了解——只是不知道我当时的心理状态。这一点，你想象不出，我也描绘不了。

"我刚要开始行动时，最糟糕的事情发生了。我以为麦特逊夫人睡着了，可她在自己的房里开口说话了。我对此有所准备。这是一件可能发生的事，但我还是感到不知所措……

"顺便插一句,我可以告诉你们:只是在非常偶然的情况下,麦特逊夫人才会醒。但这样一来,我就不可能从她的房间里逃跑了。于是,我就想,干脆在屋里躺上几个小时,不和她讲话。然后,我悄悄从大门离开房子。那时候,马丁已经上床了。也许会有人听见我的声音,但没有人能看见我。我该依计划处理好尸体,然后以最快的速度开车到南安普敦去。不同的是,六点半以前我可能赶不到旅馆了。这样,就提供不了无懈可击的不在犯罪现场的证明了。我应该尽快直接开到码头,去进行麦特逊要求的问询。无论怎样,我都能在轮船中午离岸以前早些时候到达。我看不出我有谋杀的嫌疑。如果有人怀疑说我十点钟的时候还没有到,我无法回答说:'开枪之后我可不能这么快就到达南安普敦。'我就说,十点半离开麦特逊之后,汽车出了故障,给耽搁了。我将以此来驳回这一怀疑。对此,他们是提不出任何证据的。我房间里的枪并没藏起来,谁都可以将它派上用场。即使证明这支枪被用过,也没关系。只要大家相信,回到家里的是麦特逊,就再不会把我和开枪的事联系起来了。我很有信心:这种怀疑的理由不再站得住脚了。我还是想采用这种表面上看来完全不可能的方法。我想,这样,我就会安全十倍。我由麦特逊夫人的呼吸声知道,她又睡着了,就穿着袜子,迅速穿过她的房间。拿着那捆衣服,我在草坪站了大约十秒钟。我想,我一点儿也没有弄出声响。窗帘柔软而厚实,不会沙沙作响。我把草地上的门往外开得更宽些时,也是悄然无声。"

"告诉我!"特伦特趁马罗停下来点烟时,说道,"逃出房子的时候，你为什么要冒险穿过麦特逊夫人的房间呢？现场调查时，我看不出你为什么不从房子的那一边逃走。你从这一边的窗子出去，很可能被马丁或者卧室里的某个佣人看见，很危险。那一边有三间空房，包括两间空卧室和麦特逊夫人的起居室。我以为你在麦特逊房间里做完了要做的事情后，从任何一间空房里悄悄离去会更安全……你知道，你穿过了她的窗户。"他冷冷地补充道，"这就意味着，如果此事败露，夫人自然就被牵连进去了。我想，你明白我的意思吧。"

马罗转过脸来，微微一笑。"我想，你会理解我的，特伦特先生。"他的声音有些颤抖，"我当时要是想到了这种可能性，就宁愿冒险走别的路了……哦，好吧！"他用更冷淡的口气说，"我想，只有对于那些不了解她的人来说，怀疑她参与了谋杀才不算太过愚蠢。请原谅我的表述。"他专心看着燃烧着的烟头，毫不理会特伦特眼里闪过的对他的话语内容和语气的愤怒。

激动立即被控制了。"你的评论非常公正！"特伦特也用冷冰冰的口气回敬道，"我也相信，你当时并没有想到这种可能性。但是，除了这一点之外，我说过，从空房子的窗户出去会要更安全。"

"你这样认为吗？"马罗说，"那我只能说，我当时没有胆量那样做。告诉你，我进到麦特逊房间的时候，心里不是那么坦然无惧的。在这个封闭的小空间里，只有一个危险，也就是那个已知的危险：麦特逊夫人。一切都快结束了，我只能等她几分钟。我告诉过你们，对这种可能性我早已有所准备。排除了意外情况，道路就会畅通无阻了。现在假设，我拿着麦特逊的衣服和鞋子，再次把门打开，穿着衬衣和袜子走进一间空屋子。月光透过尽头的窗户，照在走廊上。即使我把脸藏起来，我站着的身影也不会被错认成麦特逊。马丁可能在屋子里悄悄地走来走去。波拉也可能走出他的屋子。被认为已上了床的佣人可能从拐角走过来。这些事情都不太可能，但是对我来说，却是太有可能了。这是说不准的。我被关在麦特逊的屋子里，与外面隔绝，但我完全明白必须对付的情况。我和衣躺在麦特逊的床上，倾听着从外屋传来的几乎听不见的呼吸声。尽管仍旧感到害怕和焦虑，但是，那要比在草坪上看见尸体时轻松多了。我甚至暗暗庆幸能有机会通过与麦特逊夫人对话，把我被派往南安普敦的事情又重复一遍。这样，整个行动就更有根据了。"

马罗看了看特伦特。特伦特点了点头，好像在说，他俩的看法不谋而合。

"至于南安普敦……"马罗接着说，"毫无疑问，你们了解我到那儿之后干了些什么。我决定根据麦特逊关于那个神秘的哈利斯的指示，将计就计，采取行动。这个谎话是经过精心准备的，比我临时凑合的强得多。我在动身之前，甚至还从图书室往南安普敦的旅馆打了长途电话，询问哈利斯是否在那儿。不出我所料，他根本不在。"

"这就是你打电话的目的吗?"特伦特立即问道。

"打电话是要给出一种姿势，让马丁看不见我的脸，只能看见上衣和帽子。不过既然在打电话，很明显，最好还是假戏真做。否则的话，接线员马上就会告诉你们，那天晚上白房子没人打长途电话。"

"调查时我做的头一件事，就是了解打电话的情况。"特伦特说，"那个电话，还有你从南安普敦给死者拍来电报说：哈利斯不在，我要回来了——我对这两点尤其欣赏。"

马罗脸上现出微笑。"我想，我没有什么可说的了。我回到了马尔斯通镇以后，见到你那位侦探朋友时，心里还是很紧张。糟糕的是，我听说你也参与了这桩案件的调查——不，这还不是最糟糕的。最糟的是第二天，我看见你离开我放尸体的小棚，从灌木丛走出来。在那可怕的一刹那，我以为你立即就要指控我了。现在，我把一切全都告诉你了！你看起来并不那么可怕。"

他闭上眼睛。大家沉默了片刻。特伦特突然站起来。

"要盘问吗？"马罗严肃地看着他，问道。

"不！"特伦特伸了伸长腿。"只是腿麻了。我不想问任何问题了。我相信你的话。我想，这不仅仅是因为我总是喜欢你的脸，或是因为这样可以避免出现尴尬局面。这两点，一般都可以作为相信别人的理由。主要原因是，我的自尊心不能容许任何人在我面前滔滔不绝地撒一个小时谎，而我却一无所知。你设置的情节非同一般！麦特逊是一个非凡的人，你也一样。做这些事情的时候，你就像一个疯子。不过，我非常同意你的观点：如果你的行动是正常人所为，你就不会再有机会与法官和陪审团并排而坐了。对这件事无可非议的解释是：你是一个勇气非凡的人。"

马罗的脸刷地一下红了，一时不知说什么好。他还没来得及开口，卡普尔先生干咳了一声，站了起来。

"就我这方面来说，"他说，"我一刻也没有认为你有罪。"

马罗既感激又惊奇地转向他，特伦特则怀疑地盯着他。

"但是，"卡普尔先生举起一只手，接着说，"我有一个问题想问问。"

马罗点点头，什么也没说。

"假如，"卡普尔先生说，"另一个人被怀疑犯了罪，受到审讯，你怎么办？"

"我想，我的责任很明确。我应该把我知道的一切告诉律师，为他辩护，把自己交到他们手里。"

特伦特大声笑了起来。事情已经过去，他一下子变得轻松起来了。"我可以想象到他们的表情！"他说，"实际上，并没有人处于危险中。没有一丁点儿证据对任何人不利。今天早晨，我在伦敦警察厅见到莫奇。他告诉我，他同意波拉的观点：这是美国某个黑手党作下的报复案。所以，麦特逊的案子已经了结。神圣的、受难的摩西啊！如果一个人总是自以为聪明透顶，结果只能使自己成为一头蠢驴！"他从桌上抓起那个大信封，扔进火里。"那才是你的归宿，老朋友！你险些闯出大乱子。哎哟，天色已经晚了——快七点钟了！卡普尔和我在七点半有个约会。我们得走了。马罗先生，再见！"他凝视着对方的眼睛。"我曾一直努力工作，想把绳子套到你的脖子上。想到这些，我不知道你是否会责备我。愿意和我握握手吗？"

十六 终结者卡普尔

"你说咱们七点半钟有约会，是什么约会？"走出这座高大建筑物的大门，卡普尔先生问道，"我们真的有这样一个约会吗？"

"当然有！"特伦特答道，"你和我共进晚餐。在这个时候，只有一件事最适合用来庆祝：这就是我付钱，请你吃一顿。不，不！是我先请你的。我一下子就解透了这个恐怕是独一无二的案件的真相——它费了我一年多的神——如果这还不算是请客的好理由，我就不知道还会有什么理由了！卡普尔，咱们不到俱乐部去。这是一个喜庆的日子。在伦敦俱乐部里被人看见欣喜若狂的样子，足以毁掉一个人的声誉。那儿的晚餐总是千篇一律，至少都是一个味儿。真不知道是怎么回事！俱乐部里一成不变的晚餐使许许多多像我一样的人倒了胃口。但今天晚上，让这顿晚宴记录一下我们这一段时间的徒劳吧。我们不到官僚出没的大厅去。就去谢泼德餐厅吧。"

"谢泼德是谁？"当他们往维多利亚大街走去的时候，卡普尔先生问道。

他的同伴步履轻松得都有些不自然了。一个警察望着他的脸，咧嘴笑了笑。看来，他这副愉快的表情被归结于酒精的作用了。

"谢泼德是谁吗？"特伦特没好气地重复了一遍。"请原谅我这么说，卡普尔。这个问题彻底体现了如今人们浮躁难安、毫无目的的乱提问题的特点。我建议到谢泼德餐厅去吃晚饭，可你等不及跨进餐厅的门槛，就又开始用知识分子的那股傲劲儿打听谢泼德是谁。我不想顺从现代人的思维恶习。谢泼德餐厅是人们吃饭的地方。我不认识谢泼德，也从未想过有谢泼德这个人存在。也许，他是图腾制度起源的一个谜。我所知道的只是，在谢泼德餐厅可以尝到羊的里脊肉。这个餐厅让许多美国游客都在诅咒哥伦布的诞辰……出租车！"

一辆出租车平稳地停在了路边。司机听到吩咐后，颇有派头地点了一下头。

"我建议去谢泼德餐厅的另一个原因是，"特伦特兴奋地点燃一支烟，继续说，"我准备和世界上最好的女人结婚了。我想你不难猜到她是谁吧。"

"你要娶梅布尔！"卡普尔先生叫道，"我亲爱的朋友，这真是好消息！握握手，特伦特！这多么令人高兴啊！我从心底里向你们表示祝贺。我并不想打断你的兴致。这的确是很自然的。记得很久以前，我也有过类似的情况，也出现过这样高涨的情绪——但是，我可以说说我是多么热切地盼望这一天的吗？梅布尔经历了这么多的不幸，然而，她深深懂得人性的伟大目的。这会给男人的一生带来最大的幸福。不过，我不知道她是怎样评价你的。你的心思我知道一段时间了。"卡普尔先生说着，眨了眨眼睛，好像在鼓励这个热情洋溢的年轻人。

"你们俩在我家吃饭的时候，我一眼就看出来了。你坐在那儿听帕普教授讲话，眼睛却盯着她。我们这些上了年纪的人还是有些才智的，我亲爱的孩子。"

"梅布尔说她在此之前就察觉到了。"特伦特假装垂头丧气地答道，"我还以为我对她的狂热掩饰得很好呢。唉，我从来就不善于伪装。老帕普要是透过他的老花镜看出点儿名堂了，也没什么可奇怪的。一个未曾公开的求婚者，不论我多么钟情于她！"说着，他的情绪又高涨起来，"我现在的状况变得更糟糕了。至于你的祝贺，我不知道要如何感谢了！我知道你是真诚的。你是耿直的人，你要觉得我们这样不对，脸就会拉成三尺长。顺便说了，我今天晚上简直要变成傻瓜，非得胡说八道下去不可了。你必须尽量忍耐！或许，我给你唱个歌儿，能让你好受些——唱你最喜欢的歌儿。你总在唱的那首歌是什么？是这样吗？"他一边唱着，一边在出租车里用脚灵巧地打着拍子。

> 有一个黑鬼，装有一条木腿。
> 他没有烟叶，一片也讨不到手。
> 另一个老黑鬼，狡猾得像只狐狸。
> 在他的旧烟盒里，总是放着烟叶。

"现在，一起唱！"

"是的，在他的旧烟盒里，总是放着烟叶。你没有唱呀！我以为你的歌声会响彻云霄呢。"

"我这辈子从没唱过这歌！"卡普尔先生并不领情，"连听都没听过。"

"你肯定吗？"特伦特怀疑地问道，"好吧，我先假定你的话是真的。不管怎么说，这是一支非常好听的歌。音乐厅听的哪首歌都比不上它。不知怎么回事，只有这首歌能表达我现在的感情，其他任何东西都不能了。它从我的嘴里脱口而出了。鲍尔佛先生倾诉时，巴斯韦尔斯的主教竟不由自主地说起了话，就是因为心胸激荡，才会脱口而出。"

"那是什么时候？"卡普尔先生问道。

"就是那次介绍家禽疾病法案的时候。"特伦特答道，"这是一个注定会失败的法案。你当然记得。"汽车沿小巷疾驰，拐了个弯，来到一条宽阔而拥挤的大道上。他突然住了口，"喂！到了！"他说。

汽车停了下来。

"就在这儿！"特伦特一边付钱，一边说。然后，他领着卡普尔先生，走进了一间有墙裙装饰的狭长房间。里面摆着许多桌子，还有嗡嗡的说话声。

这个房间里尽是雕塑，凉亭四周都是玫瑰。"有三个书商正在我最喜欢的那张桌子上吃猪肉哩。咱们去对面角落的那张桌子吧。"

他和一个服务员认真地谈了起来。卡普尔先生一边在炉火前取暖，一边愉快地沉思着。特伦特接着说："这儿的酒几乎全是葡萄酿就的。咱们喝点儿什么？"

卡普尔先生从沉思中醒悟过来。"我想，"他说，"要点儿牛奶加苏打水吧。"

"小点声！"特伦特劝阻说，"那个领班心脏衰弱，会被你吓着的。要牛奶加苏打水！卡普尔，你以为你的体格很健壮？我并不是说你不健壮，但是我警告你，混合饮料是许多比你还健壮的人的死因。不要总在事情发生之后才明白。来碗萨米酒吧！把苏打水留给土耳其的游牧民族好了。我们的饭来了。"

服务员把菜在他们面前摆好之后，他又加了一道菜。服务员迅速离去了。

看起来，特伦特是一个很受尊敬的顾客。"我要了一种我知道的酒，"他说，"希望你尝尝！如果你发过誓要戒酒，那就以戒酒圣徒的名义喝点儿水吧！水就在旁边。可别找牛奶和苏打水这类臭名昭著的便宜货了！

"我从来没有发过这种誓！"卡普尔先生说着，用赞赏的目光看了看他那份羊肉。"我只是不喜欢喝酒。我曾经买过一瓶酒，想尝尝是什么味道，它却让我生了一场病。不过，那很可能是一种很糟糕的酒。我要尝尝你的酒，是你请客嘛！我向你保证，我亲爱的特伦特！我会有一些非比寻常的行动，来表示我现在的感受是多么强烈。多少年了，我还从没有这样兴奋过！"

服务员为他斟酒的时候，他大声说道："麦特逊之谜被揭开；无辜者洗清了罪名；还有你和梅布尔圆满的幸福——这一切都同时涌上心头！为了你，亲爱的朋友，干杯！"卡普尔先生呷了一小口酒。

"你有一种伟大的品格！"特伦特非常感动，"你的外表和你灵魂的宽洪大度不相匹配。我想，与其在歌剧院看一个大象指挥，倒不如我为你的健康干上一杯，亲爱的卡普尔！愿你的鼻子永远保持鲜嫩的玫瑰色——不，这该死的一切！"他大声叫喊着，又喝起酒来。

他同伴的脸上掠过一丝不自在的惊异之色。

"我没有权利干涉你的喜好。"特伦特说，"我道歉。你想要什么就要什么吧！即使这会大伤领班的自尊心，也没有关系。"

服务员给卡普尔先生上了微乎其微的一点儿酒之后，就退下了。

特伦特意味深长地看着桌子的另一边。"在这样嗡嗡一片的话声里，"他说，"我们可以像在一个荒凉的山谷里，毫无顾忌地交谈。服务员正在收款台那儿和一个年轻女人咬耳朵，没有人会来打扰你。你认为今天下午的谈话怎么样？"他津津有味地开始吃了起来。

卡普尔先生一边把羊肉切成小块，一边答道："依我看，让人惊奇不过的是环境的嘲弄。我们抓住了麦特逊那种疯狂的仇恨的线索，而马罗却觉得很神秘。我们知道，麦特逊是妒火大发。如果仅从梅布尔的感情来考虑，这样说不无道理。马罗永远也不知道那个人怀疑他什么。真奇怪！我们大家几乎都是在不知不觉中由外界言论引领着，而这些言论又往往是错误的。譬如，我记得一些年前，我偶然发现，很多熟人认为，我被秘密地吸收进了罗马教会。这种荒谬的猜想是基于我的一次谈话。当时，我对每周一次戒荤的提议表示赞同。他们就拿来作为证据了。麦特逊对他秘书的认识及判断，可能基于一些更加微不足道的事情。我想你说过，波拉先生告诉你说，麦特逊有一种根深蒂固、而且看来是遗传的猜忌心理……至于马罗所说，我认为完全是直截了当的！实质内容并无惊人之处，但我们要承认，而且必须承认，在麦特逊案件中，我们不得不对付一个头脑多少有些不正常的人。"

特伦特大声笑了。"我承认，"他说，"这件事的确使我感到有点儿不寻常。"

"但这只是表现在细节上，"卡普尔先生说道，"在关键事情上，难道没有不正常吗？一个疯子心里的猜疑之火越烧越旺。他设想出一个天衣无缝的计划来对付幻想中的敌人，其中包括毁掉自己。这么说吧，一个人要是丝毫不了解疯子的心理，又怎么能称为杰出人物呢？看看马罗的行动吧！他发现自己置身于险境，虽是无辜，但实话实说不仅不能证明自己的清白，反而会落进陷阱，招致控诉。这种处境，你以前没有听说过吗？他用一种勇敢而机智的将计就计使自己脱了身。这对我来说，却是每天都在发生的事情，而且很可能真是这样。"他开始吃起已被他弄得不成样子的羊肉来。

"我想知道，"特伦特思考了一会儿说，"按你说的，世界上还会有什么不一般、不平庸的事情吗？"

一丝温和的微笑出现在卡普尔脸上。"不要以为我这是空洞的自相矛盾。"他说，"我要说出一些在我看来有着本质特点的事情，我的意思也许会变得清楚些。让我想想……好吧，我认为肝吸虫的生活史就是一种有本质特点的事情。这当然要归功于普尔顿的研究了。"

"我无法和你争论这一点。"特伦特答道，"正统的科学研究对微不足道的肝吸虫的衍生可能只是一笑置之。我从未听人们提到过。"

"也许，这不是一个诱人的题目。"卡普尔先生若有所思地说道，"我也不接着往下说了。我的意思是，亲爱的特伦特，只要我们稍微注意了，周围便有很多这样的事情。但我们不相信自己的感觉，认为只有那些被诸多耸人听闻的细节层层包裹着的事情，才是有特色的。"

卡普尔先生打住话头，喝了点儿牛奶加苏打水来振作精神。

特伦特的刀柄在桌上敲着，暗示了他的赞同。"我已经多年没有听见你这样讲话了。"他说，"想来你一定和我一样，对此爱莫能助。人们把不安误以为是兴奋，这可不是好事。尽管我很欣赏你的话，但我还不想在这儿一言不发地听任你把麦特逊案件定性为庸常之事。你乐意怎么说就怎么说，但在当时，马罗装扮成麦特逊——这个主意的确具有非同寻常的独创性。"

"有独创性——那当然！"卡普尔先生答道，"非同寻常——不！那种情况之下，一个聪明人想起来这样做并不为怪。这是形势所迫，无可选择的选择了。马罗模仿麦特逊的声音到了以假乱真的地步，而且他有演戏的天分，有棋手清晰推理的思维，对住宅又是了如指掌。我同意你的说法，这次行动非常出色。但这是由于每件事都没有失手。至于这个主意的本质，从独创性这一点看，是不好过高评价的。这就与利用子弹击发时的后坐力设计出上弹的装置一样，可以相提并论。然而，我承认，就像我在开始时说到的，考虑到这些细节，案件就显得不同寻常起来了，成了一桩谜案了。"

"你真是这样想的吗？"特伦特挖苦地问道。

"事情变得复杂起来了！"卡普尔先生不动声色地接着说，"马罗的疑心被唤醒之后，他又产生了第二个微妙的想法。这与第一次设定的计划相抵触。如此情况常见于生意场和政界，但是，我想很少发生在刑事案件上。"

"从来没有过。"特伦特答道，"甚至连最聪明的罪犯也很少去谋划什么韬略。罪犯要是这样做了，就不会被抓住。同普通罪犯比起来，聪明的警察在韬略方面也要输他一着。但是，这种老谋深算的精心策划很少在罪犯那里出现。看看克里平！算是罪犯中非常聪明的了。他解决了每个秘密谋杀案中的核心问题，即尸体处置后不留蛛丝马迹。他干得怎么样呢？罪犯和警察常常是迅速而勇敢的实干家，却都不善于制定一个简单的计划。总之，这是各界人士少有的才能。"

"今天了解到的情况让我产生了一个不安的想法。"卡普尔先生说。他好像对抽象的概念有些厌倦了。"如果马罗没有生疑而落进陷阱的话，就可能被绞死了。我想，在许多案件中，被告都由于现场证据而无辜地死去了。基于这种证据，就将被告判处死刑的判定，并非那么可靠了！"

"就我这方面来说，我从来没有这样下过判断。"特伦特说，"在我看来，一旦纠缠在这种案件里，就是'永远也说不清'。我同意美国一个陪审员的意见。他说，我们不能只凭现场证据就判定一条黄狗是偷盗，并把它绞死，即便它的鼻子上沾满了果酱也不行。一个居心叵测的人想把罪责强加于无辜者的案例不在少数，这是所有高压统治的显著特点。无论是在爱尔兰、俄国、印度或是朝鲜，警察依靠正当的手段抓不到危险的嫌疑人，就会采用不正当手段。在我们国家起诉的案件里，也有类似情形。这种案件的最后结果，便是聪明反被聪明误。如同麦特逊先生那样，赔了夫人又折兵。你也许听说过。"

卡普尔先生承认自己不知道这件事，又拿起了一个土豆。

"约翰·梅斯菲尔德依据这个案件，创作了一部非常有名的戏剧。"特伦特说，"它再次在伦敦上演时，你要喜欢刺激的话，应该去看看。在剧院里，我经常看见女人们矫揉造作的伤感和哭泣。天哪！她们要是看见这出戏活生生地演出的话，得带上多么有效的溴盐瓶才能抑制住歇斯底里啊！戏剧的情节是，约翰·佩里控告母亲和弟弟杀死了一个男人，他自己也插手了这件事。他讲述了一个极为复杂的作案过程。一切疑问在他那里迎刃而解，只是缺乏奇怪的一点——找不到尸体。那个法官当时很可能醉了——那是在王朝复辟时期——没有看出里面的疑点。母亲和弟弟不承认这项指控。三人都判有罪，处以绞刑。所有的根据就是约翰的证词。两年之后，被他们'谋杀'了的那个人又回来了。他被海盗绑架走了，并带到了海上。他的失踪促使约翰策划了这桩'影子'案件。在约翰那里，他让自己陪绑成为指控的对象，无异于自杀。这样一来，他证词的真实性及可靠性就有了足够的保证。通常以为，谁也不会通过葬送自己来绞死别人。如果马罗不是凭空虚构的话，那么这正是这场陷害的答案。一百万个陪审员中也不会有一个会相信，麦特逊有这样的阴谋。"

卡普尔先生有几分钟静默在那里。"我不像你那样熟悉这种历史。"他终于开口道，"实际上，我一点儿也不了解。这件事让我想起了我童年的一些事。从梅布尔告诉你的事情中，我们知道了这件事背后的所谓精神真相，还有麦特逊隐藏在内心深处的疯狂嫉妒和仇恨。我们清楚，麦特逊有能力策划这样的阴谋。一般来说，只有在探求到精神真相的时候，对正义的感觉才会敏锐起来。有时，就像在麦特逊一案里，这种真相被有意掩盖起来。有时候，它之所以被掩盖，是因为头脑简单的人们实际上没有能力表达出来，别人也就无法明白了。小的时候，我在爱丁堡住过。那时，整个国家交口相传的就是桑得福德谋杀案。"

特伦特点了点头，"那是'拉克伦'夫人的案子。她完全是无辜的。"

"我的父母也是这样认为。"卡普尔先生说，"当我长大以后，上学了，而且能够理解这一惨剧以后，也这样认为。这个谜底非常隐晦。想要知道谎言背后的真相，像是根本不可能。人们完全相信了老詹姆斯·弗莱明的清白。整个苏格兰都为这个问题打成一团，国会也是争辩不休。报界分成了两派。我从未见过为了同一桩案件如此公开的大规模的争执。然而，事情非常明显——人们要是能够知道那个老家伙的精神世界，这桩谜案瞬间就能真相大白了。如果人们对他性情的某种猜疑属实的话，那么，很可能就是他杀了杰西，却将罪责强加在一个可怜的女人头上，让她差点儿被处以极刑。"

"甚至连弗莱明这样一个平庸昏聩的老朽，都可以将大家编进迷魂阵。"特伦特说，"公正的法庭也不能分辨真罪与伪罪。遇到需要敏锐观察力的案件时，法律就不那么灵验了。那些被淹没在法律程序中的性急的人们，赢了，输了，都会觉得，好像置身于狗熊出没的森林。我敢说，让他们不时地在现实面前撞破鼻子，倒是一件好事。坐在陪审席上的十三个脸色红润的大活人，会给马罗什么判定呢？正如他说的那

样，他实话实说比他根本不辩护还要糟糕。似乎找不出一个
证据来证实他的话。你难道想象不出，陷害会将他彻底吞噬？
你难道看不出，结案的时候法官会简单从事？那些陪审
员——我想你也当过陪审官吧——待在房间里，对这个软弱
无力的谎言又轻蔑又愤恨，还说这是他们见过的最清楚不过
的案子。关键时刻，马罗能够不被吓破胆就是好事了。那样
的话，他就可以如愿以偿地甩掉包袱了。假设你就在那个陪
审团里，并不认识马罗，一打开案情记录，你就会气得浑身
发抖——贪财、谋杀、抢劫！突然的胆怯！无耻、绝望的谎
言！你和我为什么会一直认为他有罪，直到——"

"请原谅！请原谅！"卡普尔先生放下餐具，突然插进来
说道，"那天晚上讨论这件事情时，我是非常小心的，根本
没有表示过这种想法。我一直肯定他是无辜的。"

"你刚才就说了类似的话。我不知道你究竟什么意思？
你竟然肯定他是无辜的！你怎么能肯定呢？你的措辞一般会
谨慎得多呀，卡普尔先生。"

"我的确说的是'肯定'"！卡普尔先生斩钉截铁地重
复道。

特伦特耸了一下肩膀，"如果你是读了我的手稿、一起
讨论了整个事件之后才这样肯定的，"他答道，"那么，我只
能说你是完全不相信人的理智。这种态度不仅存在于基督教
的不良品行和该死的胡说八道中，而且也非常奇怪地出现在
实证主义里，除非我是误解了这套理论。人为什么会——"

"听我说，"卡普尔先生再次插话，"我向你保证，我根
本没有放弃理智！我肯定他是无辜的，并且一直这样认为。
那是因为，我知道一些情况，从一开始就知道。你刚才让我

假设，我是在审判马罗的陪审席上。这没有什么意义。我知道，我应该以另一种身份出场。我应该坐在证人席上，为被告提供证词。你刚才说，'假如能有一个证实他的证词的证据'，会有的，那就是我的证词。而且……"他平静地加了一句，"那将是决定性的。"他又拿起刀叉，接着吃他的晚餐。

卡普尔先生吃力地说出这些话时，突如其来的激动使特伦特脸色一下子苍白起来，有如一块大理石。等卡普尔说完最后一句话，他的脸又恢复了血色。他尴尬地一笑，击了一下桌子。"这是不可能的！"他说道，"这是你的想象！是你喝了一杯使你堕落的牛奶加苏打水后的梦幻。你不可能真的要说，我在那边费劲地调查，你这边却早已知道马罗是无辜的。"

卡普尔先生一边忙着吃完他最后一口饭，一边得意地点了点头。他的手势示意他吃完了，还擦了擦稀疏的胡子。然后，他向前俯过身子来。"这很简单！"他说，"是我开枪打死了麦特逊！"

"恐怕是我让你吃惊了吧！"特伦特听到卡普尔先生这样说。

他强迫自己从麻木中清醒过来，就像潜水员要冲出水面一样。他僵硬地举起杯子，却将半杯酒洒在了桌布上。一口没喝，他又小心地把杯子放下了。他深深地吸了一口气。这口气又变成了毫无兴奋之意的大笑。"往下讲！"他说。

"这不是谋杀！"卡普尔先生不紧不慢地说道。他用叉子在桌子上一英寸、一英寸地画着。"我跟你从头说起。那个周六晚上，我十点一刻从旅馆里出来散步，想舒展一下身体。我没走有大弯的公路，而是绕小路到了白房子后面。然后，又走上公路去了，正好在那个高尔夫球场第八个洞旁边的大门对面。我拐进球场，想沿着草坪走到悬崖边上，再走回来。我刚走了几步，就听见有汽车驶过来的声音。接着，我听见车子在大门附近停下了。我一眼就看见了麦特逊。你还记得我告诉过你吗，我们在旅馆门前吵过一架以后，我又见过他一次。说的就是这一次。这是实话。"

特伦特轻轻地哼了一声。他喝了点儿酒，毫无表情地说："请接着说！"

"你知道，"卡普尔先生说，"那天晚上，月光很亮。我站在石墙边的树荫下。但无论如何，他们是不会知道附近有人的。马罗向我们讲述过的那一切，我都亲耳听见了。然后，我看见汽车向主教桥方向驶去。汽车开走的时候，我没有看见麦特逊的脸。当时，他背对着我。他冲着汽车凶猛地挥着他的左手，这让我非常惊奇。我等着他走开，不想再和他见面。他不但不走，反而打开了我刚刚进来的那扇门，站在草坪里，一动也不动。他低着头，胳膊垂在两侧，看起来好像有点儿僵硬。他这样紧张地站了好一会儿。突然，他的右臂迅速行动起来，把手放在大衣口袋里。月光下，我看见了他抬起来的脸。牙关咬得紧紧的，眼睛闪着光。我突然意识到，他已经神志不清了！这个念头只在脑子里一闪而过。这时，只见什么东西在月色里闪了一下。他把手举起来，对准了自己的胸膛。

"直到现在，我都不敢相信，麦特逊那时真的要杀了自己。马罗并不知道我插了一手，却也是这样想的。这一想法在当时，是那么的自然而然。我想，他很可能是想打伤自己，再借此控告马罗试图谋杀和抢劫。

　　"但那时，我却认为他是要自杀。来不及细想，我就从阴影里一跃而出，抓住了他的胳膊。他愤怒地咆哮着把我甩开，照着我胸前打了一拳，又把枪对准了我的脑袋。在他还没来得及扣扳机之前，我抓住他的手腕，用尽了全身力气——你记得他手腕上那青一块、紫一块的伤痕吧。我知道，现在是为我自己的性命搏斗了。那一刻，他满脸的杀气。我们像两只野兽似的撕打着，谁也没出声。我把他握着手枪的手按住，又抓住他另一只手。我从来没想过自己会有这么大的力气。接着，完全是出于本能——我当时根本不知道自己要干什么——我甩开他的手，闪电似的抓住了枪，从他的手中夺了过来——竟然没有走火，真是奇迹。我后退了几步。他像疯子一样向我扑过来。我冲着他的脸盲目地开了一枪。我想，他离我有一码远。只见他膝盖一软，身子栽倒在草坪上。

　　"我扔掉枪，躬身下去看他。就在那时，他的心脏停止了跳动。我跪在那儿盯着他，一动不动。不知道过了多长时间，我听见汽车返回的声音。

　　"特伦特，马罗在草坪上踱来踱去，月光照在他抽搐着的苍白脸上。我离他只有几码远，蹲伏在离第九个发球位不远处的杂草丛的阴影里。我不敢暴露自己。我正在思考。我担心那天早晨，我和麦特逊公开争吵已成了全旅馆的话题。看见麦特逊倒下去时，我脑海里猛地冒出了各种各样可怕的可能性。我变得狡猾起来。我知道，我必须做什么。我必须尽快回到旅馆，神不知鬼不觉地溜进去，再扮演一个能救命的什么角色。我不能向别人吐露一个字。我当然想到了马罗会向大家讲他怎样发现了尸体。我想，他会以为这是自杀。每个人都会这样认为的。

"马罗开始收拾尸体时,我正悄悄地顺着墙根,从俱乐部溜上了公路。他看不见我。我当时非常镇静。穿过公路,越过篱笆,穿过田野,我从白房子后面的小路跑回旅馆。回到旅馆的时候,我已经上气不接下气了。"

"上气不接下气了!"特伦特机械地重复着,依然凝视着同伴,好像已经进入了催眠状态。

"我跑得飞快!"卡普尔先生提醒他,"哦,快到旅馆后面时,我从敞开的窗户可以看见写字间。那儿一个人也没有。我跃过窗台,摇响了铃。然后,坐下来写信。那是一封我本打算明天再写的信。我看了看钟,刚刚十一点。服务员闻声到了。我要了一杯牛奶和一张邮票。不久,我就上了床。但我睡不着。"

该说的都说了!卡普尔先生停住了话头。他略带惊奇地望着特伦特。

只见特伦特以手托头,默然地坐在那儿。

"他睡不着!"特伦特终于闷闷地开了口,"这是因为白天过于疲劳了。没什么值得惊奇的!"他不说话了。

接着,他扬起了那张苍白的脸。"卡普尔,我全明白了!对于谜一样的案子,我要金盆洗手了!麦特逊之死将成为特伦特最后一案。"

他自以为是的高傲终于天崩地裂了。

特伦特忽然微笑起来了。"我本来可以忍受一切!但这件事彻底地宣告了人类理智的苍白和无能。这使我受不了!卡普尔,我没有什么可说的!只有一点:你将我击倒了!我以自卑的心情为你的健康干杯。不过,晚餐得由你来埋单了!"